Teufelsfluch- Kampf der Mächte

Lucy Storm

AF236983

Das Buch

So hat sich Sophie ihre Zukunft aber nicht vorgestellt: an der Seite des Teufels und seinem Sohn Nelson zu dienen bis in alle Ewigkeit. Sie wollte doch nur etwas beliebter sein und an Selbstbewusstsein gewinnen. Woher hätte sie denn wissen sollen, dass der Teufel seine eigenen Pläne mit ihr, dem unschuldigen Mädchen von nebenan, hat? Nun muss sie zusammen mit Jason einen Weg finden, um aus diesem Deal wieder herauszukommen, bevor es zu spät ist.

Die Autorin

Lucy Storm wuchs in der Nähe von Hannover auf und schreibt seit ihrer Jugendzeit Geschichten. Sie studiert an der Universität Göttingen Geschichte und Kulturanthropologie und ist von Natur aus neugierig.

Lucy Storm

Teufelsfluch

Kampf der Mächte

Roman

Bibliografische Information der Deutschen Nationalbibliothek:
Die Deutsche Nationalbibliothek verzeichnet diese
Publikation in der Deutschen Nationalbibliografie;
detaillierte bibliografische Daten sind im Internet
über http://dnb.dnb.de abrufbar.

Lektorat: Stefan Wendel, Lübeck
Covergestaltung: Constanze Kramer- www.cover-
boutique.de

Herstellung und Verlag: BoD – Books on Demand,
Norderstedt

ISBN: 978-3-7534-6033-8

Für all die Künstler und künstlerisch Tätigen da draußen, die während der Corona-Pandemie um ihre Existenz kämpfen. Die trotz aller Schwierigkeiten ihrer Leidenschaft weiter nachgehen und mit jedem Werk der Menschheit ein Lächeln ins Gesicht zaubern. Haltet durch und glaubt an euch, es werden wieder bessere Zeiten kommen!

.

1

Sophie

Seufzend schaute ich mich noch einmal um, bevor ich meine Tasche schulterte und zusammen mit meiner besten Freundin Elena die hinterste Ecke des Schulhofes verließ. Heute war ein schöner Sommertag und die Sonne brannte schon jetzt gnadenlos auf uns herab. Der Baumstamm, auf dem wir uns in den Pausen immer niederließen, lag aber im Schatten, zudem kühlte uns ein lauer Wind. Das Wichtigste war allerdings, dass sich selten andere Schüler hierher verirrten und ich so zumindest hier etwas Ruhe hatte. Doch nun musste ich zur fünften Stunde in meinen Englischkurs.

»Kopf hoch, bald ist es für heute geschafft und wir können in der Cardigan Bay baden gehen«, tröstete mich Elle, während sie ihre rosa gefärbten Haare zu einem Dutt zusammenband. Dankbar lächelte ich sie an. Doch meine gebesserte Laune hielt genau zwei Minuten, bis wir Ashley Benson und ihrer Lacrosse-Angeber-Clique über den Weg liefen.

»Hey, Thomas, schönes Shirt!", rief sie und ihre schrille Stimme ließ mich zusammenzucken. Vorsichtig ging ich weiter und versuchte, sie zu ignorieren.

»Waren die T-Shirts in der Damenabteilung etwa ausverkauft?«, schob ihre Busenfreundin Layla hinterher und das gesamte Team begann zu grölen. Ich spürte, wie sich die Wut in mir anstaute. Mit geballten Fäusten blieb ich stehen. Gerade als ich einen Spruch zurückpfeffern wollte, legte Elena ihre Hand auf meine Schulter und schob mich sanft weiter. »Es bringt doch nichts, sich mit den hohlen Nüssen anzulegen, Sophie. Am Ende stehst du noch als die Böse da, die den Streit angezettelt hat und dafür nachsitzen muss. Das ist es doch nicht wert, oder? In ein paar Wochen haben wir endlich unseren Abschluss, und ich habe gehört, dass Benson und ihre Clique nach London ans University College gehen wollen. Heißt, diese Ziegen verlassen für mindestens drei Jahre Wales und können dich nicht mehr piesacken.«

Seit der Grammar School hatte Ashley mich als Opfer auserkoren und mit dem Wechsel zur Sixth Form hatten sich auch ihre Freunde angeschlossen. Zähneknirschend ging ich weiter. Elena hatte ja recht. Erstens wollte ich die letzten Wochen keinen unnötigen Ärger bekommen und zweitens war ich noch nie besonders gut im Kontern gewesen. Bei meinem Talent hätte ich mich nur blamiert und die gesamte Situation noch schlimmer gemacht.

Im Klassenzimmer stellte ich erleichtert fest, dass bisher nur wenige Schüler eingetroffen waren, was bedeutete, dass Elle und ich uns Plätze an der Fensterfront sichern konnten. Durch das Fenster kam ein angenehmer Luftzug. Ich lehnte mich zurück, schloss die Augen und konzentrierte mich auf meine Atmung, bis sich mein Herzschlag wieder beruhigt hatte.

»Warum hast du dich eigentlich eben über diesen Spruch so aufgeregt? Das war doch nicht einmal eine Beleidigung. Diese Sport-Tussen haben bestimmt keine Ahnung von Bandshirts. Sonst hätten sie gewusst, dass es sehr wohl ein Damenshirt ist«, sagte Elle leise zu mir, als die Clique laut gackernd den Raum betrat.

»Stimmt. Layla, Ashley und Vivien hören bestimmt weder *Skillet* noch *Five Finger Death Punch* und die Jungs wohl auch nicht«, kicherte ich bei der Vorstellung der drei auf einem Heavy-Metal- oder Rockkonzert.

»Ganz bestimmt nicht, dazu sind sie nicht mal annährend cool genug. Wahrscheinlich hören sie in Gegenwart ihrer Jungs ach so coole Rap-Musik und heimlich himmeln sie irgendwelche Boygroups an«, flüsterte Elle zurück, und wir mussten beide an uns halten, nicht laut loszuprusten. Offensichtlich bemerkte die Clique, dass wir über sie sprachen, denn sie warfen uns bitterböse Blicke zu.

Ashley richtete sich auf, doch bevor sie mit einer Triade beginnen konnte, erschien unsere Englischlehrerin.

Mrs. Firebridge fing sofort mit dem Unterricht an. Sie teilte uns mit, dass jeder von uns eine Figur aus einem klassischen englischen Roman auszuwählen hatte und diese im Rahmen einer Kurzgeschichte in ein modernes Setting versetzen sollte. Anschließend sollten wir alle ein kurzes Referat darüber halten, weshalb uns gerade dieser Charakter geeignet schien, um zu zeigen, dass auch ältere Literatur modern sein kann.

Kaum stand die Aufgabe im Raum, begann das große Tuscheln. Nun wollte jeder mit seinen Freunden besprechen, welche Figur man wählen sollte. Nachdem Mrs. Firebridge uns zum Schweigen gebracht hatte, hob Ashley grinsend die Hand.

»Ich hätte da mal eine Frage, Mrs. Firebridge.«

»Ja, Ashley«, wollte unsere Lehrerin sichtlich erfreut wissen. Es war eine Seltenheit, dass Ashley im Unterricht bei der Sache war, geschweige denn aktiv mitarbeitete.

»Also ich habe mich gefragt, ob wir auch eine Figur aus den Harry-Potter-Büchern wählen können. Immerhin sind diese Bücher schon in den Neunzigerjahren erschienen.«

Mrs. Firebridge fuhr sich durch die Haare und dachte einen Moment nach, schüttelte dann jedoch den Kopf. »Nein, es tut mir leid, Ashley. Und es sind nur die ersten Bücher in den späten 1990-ern erschienen, die späteren Bände folgten nach der

Jahrtausendwende. Natürlich haben Sie recht damit, dass diese Bücher eine Art Kultstatus erreicht haben, nicht nur bei uns in Großbritannien. Sicherlich hat jeder Kollege mindestens einmal Ihnen gegenüber einen Harry-Potter-Vergleich gezogen. Aber die Bücher sind nicht alt genug, um zu der klassischen Literatur zu zählen, die ich meine.«

»Schade, wirklich schade. Ich hätte da nämlich eine gute Idee gehabt", seufzte Ashley theatralisch und senkte gespielt traurig den Blick auf die Tischplatte.

»Und die wäre?«, fragte Mrs. Firebridge, deren Neugierde offenbar geweckt war.

Triumphierend schaute Ashley hoch. »Nicht für mich, sondern für Sophie. Ich dachte, dass sie Hermine Granger wählen könnte. Das hätte sie sicher gefreut, aber bestimmt findet sie auch in der klassischen Literatur eine passende Figur.«

»Wie kommen Sie denn auf die Idee, dass Sophie sich für Hermine Granger entscheiden würde?« Scheinbar konnte Mrs. Firebrdige Ashleys Gedankengängen ebenso wenig folgen wie ich.

»Na, ganz einfach«, erwiderte Ashley und schaute mit boshaft funkelnden Augen in die Runde. »Ich sehe zwischen den beiden einige Gemeinsamkeiten. Beide haben eine grässliche Frisur und sind nicht besonders hübsch. Zudem sind sowohl Sophie als auch Hermine unerträgliche Streber, quatschen den ganzen Tag irgendeinen Mist, haben keinen Geschmack bei der Wahl ihrer Kleidung und sind ein absolutes soziales Desaster. Sophie ist also unsere Hermine Granger - nur schrecklicher. Das passt doch, oder nicht?«

Die gesamte Clique sowie einige andere Mitschüler brachen in schallendes Gelächter aus. Tränen brannten in meinen Augen und nur mit Mühe konnte ich sie zurückhalten. Es schien, als hätte jemand auf Slow Motion umgestellt, alles lief verlangsamt und wie in weiter Ferne ab. Mein Herz begann erneut wie wild zu pochen und ich ballte meine schweißnassen Hände zu Fäusten. Während ich langsam aufstand, spürte ich, wie Elenas Hand erneut auf meiner Schulter ruhte und ihre Stimme wie durch Watte zu mir drang: »Hör nicht auf sie, Sophie.« Doch ich fegte ihre Hand weg, schnappte meine Sachen und rannte aus dem Klassenzimmer. Auf dem Flur bahnten sich die ersten Tränen ihren Weg.

2

Sophie

Ohne auf meine Umgebung oder auf meine schmerzende Lunge und Beine zu achten, lief ich vom Schulhof weiter durch die Stadt, vorbei an der Cardigan Bay, wo schon um diese Zeit reges Treiben von Schulschwänzern, Rentnern, Studenten und Familien herrschte, und blieb erst stehen, als ich an einem Waldrand ankam. Schnaufend ging ich in die Hocke und atmete tief ein und aus. Nachdem der Schmerz nachgelassen und mein Herzschlag wieder auf ein gewöhnliches Level herabgesunken war, richtete ich mich auf und schaute mich um. Noch nie zuvor war ich in diesem Wald gewesen. Ich konnte mir nicht erklären, weshalb es mich ausgerechnet hierher verschlagen hatte. Weit und breit war keine Menschenseele zu sehen. Die dichten Bäume schienen mich vor den Gemeinheiten der Welt zu schützen, also wagte ich mich vorsichtig hinein. Sofort wurde es etwas kühler um mich herum und die dicken Baumkronen ließen nur einen Teil der Sonnenstrahlen durch. Ich hörte nichts, außer ein paar Vögeln, den pfeifenden Wind und knackende Äste. Dennoch fühlte ich mich sicher und geborgen, als könne mir hier niemand etwas anhaben. Kurz entschlossen und absolut planlos wagte ich mich tiefer in den Wald hinein. Je weiter ich kam, desto besser ging es mir und schon bald fühlte ich mich befreiter denn je.

Ich weiß nicht, wie viel Zeit verstrichen war, doch plötzlich tauchte wie aus dem Nichts eine leerstehende Hütte vor meinen Augen auf. Lebte etwa jemand hier in dieser Einöde? Leise schlich ich mich heran, meine Ohren gespitzt, warf ich einen Blick ins Innere. Die Hütte bestand aus einem Raum und niemand befand sich darin. Es gab ein Sofa, eine Kochnische mit Kühlschrank und einen Tisch mit Stühlen am anderen Ende des Raums. Der Boden war mit einem Teppich ausgelegt und, trotz der antiquierten Einrichtung, strahlte die Hütte Gemütlichkeit aus. Ich spürte die Müdigkeit über mich hereinbrechen, und die leichte Staubschicht auf den Möbeln deutete darauf hin, dass lange Zeit niemand mehr in der Hütte gewesen war. Wer also sollte mich schon überraschen?

Kurz entschlossen öffnete ich die quietschende Tür und warf einen Blick hinein. »Hallo, ist hier jemand? Ich würde gerne Ihre Toilette benutzen, wenn das okay ist", rief ich vorsichtshalber, doch niemand antwortete. Schulterzuckend schloss ich die Tür hinter mir und schmiss meine Tasche auf den Boden. Ich konnte ja einfach etwas Geld zum Dank hinterlassen.

Nach einer kleinen Besichtigung und einem Toilettengang - die Toilette befand sich hinter einer weiteren Tür - setzte ich mich aufs Sofa und fuhr mir mit den Händen übers Gesicht. Dieser Tag hatte mich völlig geschafft. Klar, ich war schon öfter von Ashley und ihrer Clique bloßgestellt worden und ja, ich war auch schon weinend weggerannt. Aber erstens hatten mich meine Beine noch nie so weit getragen und zweitens waren die Sprüche bisher nie so schlimm gewesen. Und auch die Sonne hatte lange nicht mehr so geknallt. Geistesabwesend griff ich nach meiner Wasserflasche. Was hatte ich Ashley denn bitte getan, dass sie mich seit Jahren so gnadenlos schikanierte? Hatte ich etwas angestellt, ohne es bemerkt zu haben? Nein, das hätte sie mir garantiert direkt an den Kopf geworfen. Außerdem gab es auch gar nichts, das ich hätte anstellen können: Ich hatte nie über sie gelästert, ihr keine Freunde ausgespannt und erst recht hatte ich mich nie an ihren Schwarm Chris, der mittlerweile ihr Freund war, herangemacht. Doch warum hatte sie ausgerechnet mich als ihr Opfer ausgewählt, wo es doch so viel Konkurrenz für sie gab, die sie stattdessen hätte quälen können? War sie wirklich so oberflächlich, dass sie Menschen nur deshalb beleidigte, weil diese nicht so gut aussahen wie sie selber?

Frustriert schloss ich die Augen und gab mir eine gedankliche Backpfeife. Das musste verdammt noch mal ein Ende haben! Ich konnte und wollte nicht länger das hässliche, schüchterne und verträumte Mauerblümchen sein, das sich von anderen herumschubsen, beleidigen und ausnutzen ließ. In ein paar Monaten würde ich hier in unserer schönen Küstenstadt studieren. Wie sollte ich mich da zurechtfinden und mir etwas aufbauen, wenn ich weiterhin jedermanns Spielball war?

Entschlossen schnappte ich mir mein Notizbuch und machte es mir auf dem Sofa bequem, um mir einen Plan auszudenken. Doch kaum hatte ich die richtige Position gefunden, spürte ich, wie meine Augenlider schwer wurden.

3

Nelson

Genervt zog ich mir menschliche Kleidung über und beamte mich in den Wald. Von hier aus musste ich nun zu Fuß weiter laufen, da meine Mutter vor Jahren einen Schutzzauber auf die Hütte gelegt hatte: Niemand konnte sich direkt hineinbeamen, sondern musste eine kleine Wanderung auf sich nehmen. So verloren die meisten auf dem Weg einen Teil ihrer Energie und waren, falls sie sich als meine Gegner herausstellten, meist geschwächt im Kampf. Gleichzeitig konnte mich so niemand überraschen. Doch das bedeutete nun, dass ich an einem Tag, an dem ich eigentlich frei hatte, Zeit in einen unnötigen Spaziergang investieren musste. Und das nur, weil mein Vater unbedingt ein

Schulmädchen in seine Dienste stellen musste. Wozu denn bitte schön? Er hatte eine große Auswahl an Dämonen und Menschen, die für ihn arbeiteten, und der Großteil war recht zuverlässig. Was wollte er mit einem sensiblen Mädchen anfangen, das so brav war, dass es wahrscheinlich nicht einmal an den Teufel glaubte? Aber wenn ich eines von meinen Eltern gelernt hatte, dann, dass sie sich so gut wie nie täuschten. Wenn sie sagten, dass eine Außenseiterin auf meinem Sofa schlief, dann würde dem auch so sein. Und wenn sie verlangten, dass ich dieses Mädchen für uns gewann, dann erledigte ich das. Schließlich wollte ich in ein paar Jahren Vaters Platz in der Hölle einnehmen und diese regieren, während Vater sich in seinen wohlverdienten Ruhestand begab. Um dies mit Bravour meistern zu können, brauchte ich, so Mutter und

Vater, eine fundierte Ausbildung. Dazu zählten nun mal auch anstrengende und ätzende Aufgaben wie Botengänge und Befragungen. Man könnte denken, dass mir Botengänge nach über zweihundert Jahren nichts mehr ausmachten, doch war ich von Natur aus sehr ehrgeizig und ungeduldig. Ich konnte es nicht ausstehen, wenn ich Aufgaben zugeteilt bekam, für die mein Vater eigentlich Menschen und Dämonen einsetzte. Am Anfang hatte das Ganze ja noch Sinn gemacht, schließlich musste ich lernen, wie man Menschen manipulierte und auf seine Seite zog. Mit Stolz konnte ich sagen, dass ich nun zu einem wahren Meister der Manipulation geworden war. Doch es gab ebenso gute Dämonen, also warum ausgerechnet ich?

»Das habe ich dir doch erklärt, mein Sohn«, ertönte die Stimme meines Vaters in meinem Kopf. Na toll, er musste natürlich wieder ungefragt in meinen Gedanken schnüffeln! Das nervte noch mehr als Botengänge!

»Es ist verdammt wichtig, dass Sophie Thomas für uns arbeitet. Sie mag unscheinbar wirken, doch in ihr schlummert eine unglaubliche Kraft, die in den Händen der Gegner unseren Ruin bedeuten kann. Noch ist niemand von der anderen Seite bei ihr gewesen, du kannst sie also für uns gewinnen. Ich brauche sie dringender als jeden anderen Menschen, verstehst du? Sie ist wichtiger als jeder Politiker, König, Kaiser oder Meisterdieb. Sophie ist der Schlüssel für unseren endgültigen Sieg, und den will ich haben. Ich weiß, dass mein Vater einigen Dämonen ein Angebot gemacht hat, und ich weiß nicht von allen, wer bereit ist überzulaufen. Für diesen unbeschreiblich wichtigen Auftrag brauche ich also jemanden, dem ich voll und ganz vertrauen kann. Und wer wäre da besser geeignet als du und Cathrine? Cathrine muss aber andere wichtige Aufgaben erledigen, und so hatte ich keine Wahl, als dir deinen freien Tag zu nehmen. Du wirst es verkraften.«

Dieser Tonfall bedeutete: keine Widerrede. Entnervt seufzte ich auf, bevor ich einlenkte. Es machte keinen Sinn, mit dem Fürsten der Hölle zu streiten, wenn deine Zukunft in seinen Händen lag.

»Entspann dich, Vater, ich bin doch schon auf dem Weg dorthin. Aber warum diese Streberin? Und was muss ich noch über sie wissen?« Nie zuvor hatte mein Vater so sehr einen Menschen für seine Zwecke begehrt.

»Du wirst noch früh genug erfahren, was ich mit

ihr im Sinn habe. Und alle Informationen, die du über sie brauchst, kannst du ihren Gedanken entnehmen. Sie ist nie in dem Glauben aufgewachsen, dass es uns gibt, und daher hat sie auch keine Barriere.« Noch ehe ich etwas erwidern konnte, war die Stimme in meinem Kopf verschwunden. Na, vielen Dank auch! Bisher hatte ich immer alle relevanten Infos erhalten, bevor ich mich zu einem Auftrag begab, und hatte mir immer eine Strategie zurechtlegen können. Dieses Mal stand ich mit leeren Händen da.

Während ich frustriert meinen Gedanken nachhing, hatte ich mit Leichtigkeit den Wald durchstreift und stand nun vor meiner Hütte. Die Vorhänge waren zugezogen, doch als ich meine Ohren spitzte, hörte ich ein leises Schnarchen. Grinsend schüttelte ich den Kopf. Die Menschen waren echt dumm, sich gedankenlos solch einer Gefahr auszusetzen. Umso besser für mich. Zügig betrat ich mein Versteck und schlich mich leise ans Sofa heran. Der Eindringling war ein etwa achtzehnjähriges Mädchen, dessen gesamte Erscheinung nach Streber und Außenseiter schrie. Schade eigentlich, mit ein paar Tricks hätte sie richtig gut aussehen können. Ihre dunkelbraunen Haare fielen verzottelt an ihren Schultern herab. Eine schwarze Brille in altmodischer Form hing über der Nase. Ihr unförmiger Schlabberlook bestand aus einem ausgeblichenen Band-Shirt - wobei ihr Musikgeschmack einwandfrei war - und einer ausgeleierten Jeans. Ihre Sneaker waren über und über mit Schmutz bedeckt. Bei genauem Hinsehen konnte ich eine ganz normale Figur ausmachen. Das Mädchen hatte doch nichts zu verstecken, warum lief sie so rum?

Das musste ich ihr dringend ausreden.

Seufzend beugte ich mich vor und platzierte beide Hände an ihre Schläfen.

4

Nelson

Ein starker Energiestrahl bahnte sich seinen Weg über meine Hände, durch meine Arme bis in meinen Kopf und ich landete in einem Kindergarten. Die fünfjährige Sophie spielte mit einer Freundin Barbie, als ein Junge auf sie zukam und ihr ihre Puppe wegnahm.

»Hey, lass das, die gehört mir!«, schrie das Mädchen und sprang wütend auf. Doch der Junge war schneller und sprang einen Satz zurück. »Komm und hol sie doch, Heulsuse!«, rief der Junge und rannte lachend weg. Sophie verfolgte ihn, schaffte es tatsächlich, ihm die Puppe wieder zu entreißen, und haute ihm zusätzlich eine runter.

»Für dich zum Mitschreiben, John!«, rief Sophie in einer hohen Stimmlage. »Wenn du mir das nächste Mal etwas wegnehmen möchtest, werde ich dich verprügeln.« Anschließend ging sie hoch erhobenen Hauptes weg, die Szene löste sich auf und ich landete an der Cardigan Bay, wo mich eine dreizehnjährige Sophie und ihre Freundin erwarteten. Beide lagen auf ihren Handtüchern und sonnten sich. Das Gesprächsthema schien sehr lustig zu sein, denn beide Mädchen lachten aus vollem Herzen. Bis eine Blondine vor den beiden auftauchte. Mit funkelnden Augen, einem gehässigen Grinsen und verschränkten Armen blickte sie auf die beiden Freundinnen herab.

»Na so was, Klein Sophie und ihr Schoßhündchen amüsieren sich am Strand. Was gibt es denn zu besprechen? Wie du den nächsten Liebesbrief geschickter schreibst? Ich gebe dir mal einen Tipp, Mädchen. Es spielt keine Rolle, wie du nächstes Mal vorgehst, denn mein Bruder Mike wird sich nie im Leben für dich interessieren, kapiert? Eher würde er mit einer Mülltonne ausgehen als mit dir!«

Wütend und verletzt setzte Sophie sich auf und verschränkte ebenfalls die Arme. »Mein Liebesleben geht dich nichts an, Ashley. Und ich habe nie einen Liebesbrief an Mike geschrieben. Das war ein Fake von jemandem, der irgendwie meint, über meine Gefühle Bescheid zu wissen. Jemandem wie dir.«

Lachend schüttelte Ashley den Kopf. »Glaub mir, ich habe Besseres zu tun, als deinen Schriftverkehr zu regeln. Mag aber sein, dass ich zufällig euer

Gespräch belauscht und gewisse Infos an John weitergeben habe. Da war wohl jemand sehr geduldig mit seiner Rache.« Mit schallendem Gelächter und wehenden Haaren verschwand sie und ich tat es ihr gleich, nur um kurz darauf in einer aktuellen Szene in einem Klassenzimmer zu landen.

Ein paar Schüler diskutierten miteinander und alles schien normal, bis diese Ashley ein gehässigen Kommentar über Sophie abließ, die daraufhin weinend die Schule verließ und irgendwann in meiner Hütte angekommen war. Aha, das war also der Grund für ihren Aufenthalt hier. Moment mal, ein Mädchen, das wegen einem lächerlichen Spruch in Tränen ausgebrochen war und die Flucht ergriffen hatte, sollte unglaubliche Macht in sich tragen? Wow, das nannte ich mal Ironie des Schicksals. Erneut durchfuhr mich ein heftiger Energiestrahl, der dieses Mal von meinem Kopf zurück in Sophies Körper geleitet wurde, und mich ans andere Ende meiner Hütte katapultierte. Schwer atmend rappelte ich mich auf und ging zurück zu Sophie, als ich eine Bewegung wahrnahm. Noch ehe ich mich wieder fangen konnte, flatterten Sophies Augenlider und sie war schlagartig wach.

5

Sophie

Verwirrt sah ich mich um und blinzelte. Wo war ich und was war passiert? Nach einem kurzen Moment der Besinnungslosigkeit fiel mir alles wieder ein. Erleichtert atmete ich aus: Ich war noch immer in der Hütte. Doch warum hatte ich von Erlebnissen geträumt, die viele Jahre zurücklagen?

»Oh, wie schön, mein Gast ist wach!«, ertönte eine tiefe Stimme hinter mir. Geschockt und überrascht zugleich drehte ich mich um und fiel vom Sofa. Na toll, auch das noch! Es war ja nicht schon peinlich genug, in eine fremde Hütte einzudringen und auf dem Sofa zu schlafen. Natürlich musste ich gleich noch meine Tollpatschigkeit unter Beweis stellen.

Mit hochrotem Kopf und brennenden Wangen drehte ich meinen Kopf langsam in die Richtung, aus der die mysteriöse Stimme gekommen war. An der Wand lehnte ganz lässig ein junger Mann, er war vermutlich nur wenige Jahre älter als ich. In seinen grauen Augen lag ein amüsiertes Funkeln, und ich merkte, wie mir das Herz noch weiter in die Hose rutschte. Das lag nicht nur daran, dass seine Bauchmuskeln durch das weiße T-Shirt schimmerten. Insgesamt wirkte er sowohl verwegen als auch bedrohlich auf mich. Seine langen schwarzen Haare hingen offen über seine Schultern und er war zwei Köpfe größer als ich. Ohne es zu wollen, hatte ich mich ein wenig zusammengekauert und starrte ihn mit großen Augen an.

»W-wer sind Sie?«, brachte ich leise heraus.

»Wer ich bin?« Lachend kam Mr. Unknown in großen Schritten auf mich zu und ging vor mir in die Hocke. »Ich, meine Liebe, bin Nelson Bright, der Besitzer dieser wunderbaren Hütte. Die Frage ist wohl eher, wer du bist und was du hier verloren hast.«

Es war offensichtlich, dass er es genoss, mir Angst einzujagen. Verlegen knetete ich meine Finger, sah zu Boden und hörte mein Herz in den Ohren pochen.

»I-ich bin, ich bin Sophie T-Thomas«, stammelte ich und wünschte mir, dass sich unter meinen Füßen ein großes Loch auftat. Doch das passierte natürlich nicht. Also schluckte ich den riesigen Kloß, der sich in meinem Hals eingenistet hatte, hinunter und fügte hinzu: »Ich war im W-Wald spazieren und m-musste auf die Toilette und dann-«

»Bist du eingeschlafen, ich weiß«, erwiderte er triumphierend. »Du wolltest mir sogar etwas Geld hinterlassen, wie niedlich. Doch das brauche ich nicht, danke. Bei deinem Look kannst du das deutlich dringender gebrauchen. Es muss schrecklich sein, seit so vielen Jahren jeden Tag von Ashley und ihren Schoßhündchen geärgert zu werden, und ich kann verstehen, dass du einen Zufluchtsort gesucht hast, wo du deinen Frieden hast. Ich glaube, dass Ashley dich rausgepickt hat, weil du viel freundlicher bist und nun mal in ihren Bruder verliebt warst. Was ganz deutlich nicht mehr der Fall ist.« Lässig zuckte er die Schultern und setzte sich neben mich. Ich traute meinen Ohren nicht. Verdammt, woher kannte dieser Nelson meine

Geschichte? Ich hatte ihn noch nie gesehen, weder in der Schule noch in meinem privaten Umfeld, und folglich hatte ich ihm diese intimen Details niemals erzählt. Ich spürte, wie sich in meinem Innersten ein neues Gefühl entwickelte, das die Angst ersetzte: Wut. Und diese Wut kochte in Sekundenschnelle in mir hoch. Entsetzt ballte ich meine Hände zu Fäusten und starrte ihn an.

»Okay, Schluss mit den Spielchen! Wer zur Hölle bist du und woher weißt du das alles über mich?« Mein Wutausbruch schien ihn nur noch mehr zu amüsieren und mit einem breiten Grinsen meinte er: »Zur Hölle ist gut. Applaus für diesen Zufallstreffer!«

Nun stand ich auf und stemmte meine Hände in die Hüften, mein Herz klopfte bis zum Hals und ich nahm meine Umgebung nur noch verschwommen wahr. Was fiel diesem selbstverliebten Trottel eigentlich ein? »Das ist nicht witzig, junger Mann! Antworte mir gefälligst!«

Anstatt sich beschämt bei mir zu entschuldigen, brachen bei ihm nun endgültig alle Dämme. Lachend krümmte er sich zusammen und schlug sich mehrmals auf die Oberschenkel. »Junger Mann?«, prustete er und wischte sich die Lachtränen aus den Augen. »Hör mal. Ich finde es eindeutig besser, wenn du ausrastest und den Leuten deine Meinung geigst, anstatt alles in dich hineinzufressen. Aber ganz ehrlich, du musst eindeutig an deiner Wortwahl arbeiten. Du bist doch keine Mutter, die ihren Sohn zur Rede stellt.«

»Dann sag mir einfach die Wahrheit!«, rief ich verzweifelt. Erschöpft fuhr ich mir durch die Haare und ließ mich wieder aufs Sofa sinken. Konnte dieser verrückte Tag noch schlimmer werden?

»Ganz ruhig, Sophie. Ich wollte dich nicht verärgern, aber deine Art bringt mich einfach zum Lachen. Du solltest dringend lernen, dich mit Worten zu verteidigen. Du willst die Wahrheit wissen? Nun gut, die kannst du haben. Aber ich muss dich warnen, sie wird dir nicht gefallen«, hörte ich Nelsons ruhige Stimme und sah gespannt zu ihm auf. »Ich werde es verkraften«, sagte ich, ungeduldig, endlich mehr zu erfahren.

»Nun gut, du hast es so gewollt, aber dann gibt es kein Zurück. Meine Eltern haben mich geschickt. Sie haben gemerkt, in welcher Lage du steckst, und sie wollen dir helfen. Und dafür bin ich hier: um dir im Namen meines Vaters ein Angebot zu machen, das dein Leben verändern wird.«

»Und wer ist dein Vater? Ich kenne euch nicht, warum sollte er mir helfen wollen?«

»Stimmt, du kennst ihn nicht, aber er kennt dich. Er kennt jeden Menschen auf der Welt, schließlich ist er der Fürst der Unterwelt, der König der Hölle oder auch einfach Teufel oder Satan genannt. Du weißt schon, der Typ, der in euren Augen der böse Engel mit den glühenden Hörnern und schwarzen Flügeln ist und der mit seiner Rebellion gegen Gott einige Engel ins Verderben gestürzt haben soll. Luzifer halt.«

Nun lag es an mir, in einen schmerzhaften Lachkrampf zu verfallen. Lachend lag ich auf dem

Rücken und hielt mir den Bauch, während ich verzweifelt darum kämpfte, meine Atmung wieder unter Kontrolle zu bringen. DAS war der beste Witz, den ich je gehört hatte, und er verbesserte meine Laune schlagartig. »Ja, klar, du bist Luzifers Sohn!«

»Das ist kein Witz, Sophie! Ich bin wirklich Luzifers Sohn!« Wütend funkelte er mich an und kam auf mich zu.

»Ach ja, ist das so?«, meinte ich, noch immer kichernd, und verdrehte die Augen.

»Gut, dann muss ich es wohl beweisen, du willst es ja nicht anders. Aber ich habe dich gewarnt, es wird dich schockieren.«

Ehe ich antworten konnte, kam er noch weiter auf mich zu, bis sich unsere Nasenspitzen berührten. Dann berührte er meine Schläfen und sah mir intensiv in die Augen. Ich stieß einen Schrei aus und wollte zurückweichen, doch er hielt mich fest, als wären seine Hände an meinem Kopf festgeklebt. Seine Augen waren eben noch grau gewesen, doch nun leuchteten sie schwarz auf und kleine Flammen tanzten in ihnen. Seine Hände erhitzten sich und plötzlich flutete etwas wie Strom durch sie - direkt in meinen Kopf. Ehe ich realisieren konnte, was passierte, war ich in der Hölle. Panisch schnappte ich nach Luft und sah mich um. Wir waren in einem unterirdischen Gebäude aus dunklem Marmor. Die Wände waren durch einzelne Fackeln spärlich beleuchtet, und jeder Schritt, den Nelson tat, hallte von den Wänden wider.

»Komm mit, ich will dir was zeigen!«, flüsterte Nelson und zog mich an meiner Hand einen Gang entlang, bis wir an einer verschlossenen Tür ankamen. Mit schnellen Handgriffen öffnete Nelson die Tür und schubste mich hinein. Was ich sah, ließ mir das Blut in den Adern gefrieren. Der Raum glich einer Folterkammer aus einem Horrorfilm, anders kann ich es nicht beschreiben. Ein paar narbenübersäte Menschen mit blutenden Wunden mussten irgendetwas aus Eisen zusammenbauen, und das bei dieser brütenden Hitze. Sie schrien und flehten ihre Sklaventreiber um Wasser an, doch diese lachten nur höhnisch und traten sie mit den Füßen.

»Ich will hier weg«, flüsterte ich, während mir die Tränen in die Augen schossen. Plötzlich drehte sich alles und ich sank zu Boden.

6

Sophie

Ich wusste nicht, wie lange ich ohnmächtig gewesen war, doch meinem Geschmack nach wurde ich viel zu früh wieder wach. Aber immerhin hatte Nelson so viel Freundlichkeit besessen, mich zum Sofa zu tragen. Das ist mehr, als ich einem Höllenwesen je zugetraut hätte. Ehrlich gesagt, hatte ich bis jetzt nicht an Dämonen, die Hölle oder Luzifer geglaubt und auch die andere Seite erschien mir nicht realistisch. Hier in Wales waren die meisten Leute religiös, wenn auch teils nur aus Tradition, und in Aberystwyth waren mir hauptsächlich Baptisten über den Weg gelaufen. Mein Vater gehörte dieser Gemeinde an, meine Mutter, eine gebürtige Engländerin, zählte sich ebenso wie ich zu den

Atheisten. Doch Nelson hatte meine heile rationale Welt mit einem Fingerschnippen auf den Kopf gestellt.

Noch immer geschockt, rappelte ich mich auf und sah aus zusammengekniffenen Augen zu Nelson hoch. Wenn er Luzifers Sohn war, war er bestimmt nicht zum Kartenspielen und Plaudern hergekommen. »Na gut, ich glaube dir. Kein Mensch kann jemanden von einem Ort zum anderen beamen, und diese schreckliche Folterkammer wirkte zweifelsohne real. Was willst du von mir?«

Zufrieden grinste Mr. Selbstverliebt mich an und kam zügig auf mich zu. »Wie schade, dass dir eine meiner kleinen Demonstrationen schon ausgereicht hat, ich hätte dir gerne noch das Kernstück meines Arbeitsplatzes gezeigt. Nun ja, vielleicht ein anderes Mal. Ich bin hier, um dir einen Deal anzubieten, Sophie Thomas. Es wird Zeit, dass du endlich mal dein Potenzial zusammenkratzt und diese Trauerfigur hinter dir lässt.« Mit einer entnervten Miene und einer abwertenden Geste zeigte er auf mich.

Beleidigt stemmte ich beide Hände in die Hüften. »Dein Ernst, Nelson? Ich bin keine Trauerfigur!«

»Ansichtssache, würde ich sagen, wobei mir garantiert neunzig Prozent der Bevölkerung zustimmen würden. Es ist dringend nötig, dass du dich von der schlechten Coverversion von Hermine Granger, wie Ashley es so schön auf den Punkt gebracht hat, verabschiedest und endlich was aus dir machst. Denn glaube mir, mit diesem Look wirst du nicht lange an der Uni überleben. Die Karten werden neu gemischt: Studenten aus aller Welt werden herkommen, du hast die Chance, neue Freunde zu finden und die Vergangenheit hinter dir zu lassen. Ist es nicht das, was du immer wolltest? Hast du dir nicht immer gewünscht, dass deine unbändigen Haare glänzend und fließend über deine Schultern fallen? Wolltest du nicht schon immer deine hässliche Brille loswerden und Geld für schicke Klamotten haben? Wünscht du dir etwa nicht jede Nacht, dass du mit deinem Look besser ankommst als jede andere und du mit Leichtigkeit Ashley vom Thron stoßen kannst? Möchtest du nicht endlich zur Schule gehen können, ohne dir am Ende des Tages die Augen auszuweinen? Ich kann dir all das bieten: ein besseres Erscheinungsbild und mehr Selbstbewusstsein. Alles, was du dafür tun musst, ist einen Deal mit mir und meinem

Vater einzugehen.« Mit einem selbstsicheren und gespielt gütigen Blick musterte er mich und streckte mir die Hand entgegen. Nachdenklich runzelte ich die Stirn und ging in mich. Es war verführerisch, all das zu erreichen, wonach ich mich immer gesehnt hatte. Wie schön wäre es, wenn ich all meine Probleme mit einem Fingerschnippen loswerden könnte. Wenn ich endlich die Person sein könnte, die von anderen bewundert wurde? Doch ich hatte gehört, dass jeder, der einen Deal mit dem Teufel einging, als Gegenleistung seine Seele hergeben musste. War ich dazu bereit? Konnte ich für den Wunsch nach mehr Beliebtheit und Anerkennung meine Seele opfern und nach meinem Tod als seine Sklavin in der Hölle schmachten? Nein, das konnte ich nicht! Ich wollte wenigstens nach meinem Tod selbstbestimmt sein und nicht länger unter der Kontrolle anderer stehen. Diesen Preis war ich einfach nicht bereit zu zahlen.

»Danke für dein Angebot, Nelson, aber ich muss leider ablehnen. Ich werde meine Seele wegen solch einer Kleinigkeit nicht verkaufen.« Erleichtert über meine Entscheidung nickte ich in seine Richtung und schnappte mir meine Tasche. Es war Zeit zu gehen, bevor er mich letztlich doch noch mit seinem Charme um den Finger wickeln konnte.

»Jetzt warte doch mal! Wann habe ich bitte gesagt, dass wir als Gegenleistung deine Seele wollen? Warum zur Hölle glauben immer alle an den Schwachsinn mit den Seelen? Hat dir denn niemand gesagt, dass du nicht alles für bare Münze nehmen darfst, das dir erzählt oder durch Filme vermittelt wird?«

Verblüfft hielt ich inne und drehte mich langsam um. »Ihr wollt nicht meine Seele? Was wollt ihr dann?« Überrascht fuhr ich mir über den Mund und musterte Nelson neugierig.

»Es gibt da einen jungen Mann namens Jason Sky-mount. Er muss es irgendwie geschafft haben, in den Schutz der Kirche gelangt zu sein, denn wir können ihn nicht lokalisieren und auch in den sozialen Medien taucht sein Name nicht auf. Luzifer und ich wollen ihn unbedingt finden, denn er hatte ebenfalls einen Deal mit uns. Doch nachdem wir unseren Part umgesetzt hatten, hat er uns einfach den Rücken zugekehrt.« Seine Stimme zitterte vor Wut und ich hörte sogar sein Blut kochen.

Ich wich vorsichtshalber ein paar Schritte zurück. »Das tut mir leid, Verrat ist immer mies«, antwortete ich zögerlich. »Doch was genau hat das mit mir zu tun?«

Nelson atmete ein paar Mal tief durch und schloss dabei seine Augen. Nachdem er sich beruhigt hatte, wandte er sich wieder an mich: »Sorry, Sophie, ich wollte dich dieses Mal nicht verängstigen. Du kannst dir sicher vorstellen, wie dringend wir diesen Verräter zur Rede stellen und seinen Anteil der Abmachung einfordern wollen. Mehr wollen wir gar nicht. Deine Aufgabe wird es sein, Jason zu uns zu bringen. Mehr nicht. Ich verspreche dir, dass es keinen Haken an der Sache gibt: Hast du Jason ausgeliefert, werde ich von dir keine weiteren Aufgaben verlangen. Bist du dabei?«

Mit großen Augen schaute ich Nelson an. War das sein Ernst? Musste ich wirklich nur einen Verräter ausliefern, um mein Traumleben führen zu können? Ich spürte, wie mein Herz bei dem Gedanken freudig zu hüpfen begann und alles in mir sich nach diesem Deal sehnte. Was interessierte es mich, ob jemand anders dadurch schlimme Konsequenzen zu befürchten hatte, die er zudem selbst verursacht hatte? Jetzt war ich an der Reihe! Bevor ich registrieren konnte, was ich da tat, schlug ich ein.

7

Nelson

Zufrieden lehnte ich mich an die Wand, als ich das Leuchten in Sophies Augen wahrnahm. Obwohl sie noch mit sich selber zu ringen schien, war ihre Entscheidung schon längst gefallen. Wie dumm manche Leute doch sind, sich wegen oberflächlicher Wünsche wie Aussehen, Geld oder Macht dem Teufel zu verschreiben. Klar, diese Idioten hatte es schon früher gegeben, doch im 21. Jahrhundert war die Zahl solcher läppischer Deals in die Höhe gesprungen. Die Welt war schnelllebig geworden, was heute galt, spielte schon morgen keine Rolle mehr. Für Ehre, Menschlichkeit und Charakter, die einst eine recht große Bedeutung gehabt hatten, schien mittlerweile kein Platz mehr zu sein. Die Menschen wollten reich und mächtig sein, gut aussehen, Erfolg haben und jeden ins Bett kriegen, der ins Beuteschema passte. Willkommen in der schönen neuen Welt! Doch mich brauchte es nicht zu ärgern, schließlich kam es mir und meinem Vater nur zu Gute. Klar, ich hatte Sophie ein Versprechen gegeben und ich würde es auch halten: Sobald sie ihren Teil des Deals erfüllt hatte, würde ich nichts mehr von ihr verlangen. Doch bis dahin würde sie uns sehr von Nutzen sein. Und egal, wofür Vater sie brauchte und was auch immer er vorhatte: Durch den Deal dürfte es ihm um ein Vielfaches leichter fallen, dieses Ziel zu erreichen.

»Gute Entscheidung, meine Liebe«, beglückwünschte ich Sophie nach der Besiegelung unseres Pakts. »Du solltest dir nur eine gute Erklärung für deine Eltern ausdenken, warum du plötzlich so gut aussiehst«, fügte ich grinsend hinzu und ließ ihr keine Zeit, darüber nachzudenken. Ich schnippte einmal mit meinen Fingern und schon war Sophie von einem Nebel umgeben. Ich wusste, dass sie sich ein paar Mal um ihre eigene Achse drehen musste, bevor ihr neues Ich zum Vorschein kam. Das Ergebnis ließ sich sehen: DIESE Sophie gefiel mir verdammt gut! Zu schade, dass mein Vater mir mit fünfhundert Jahren Sklavenarbeit drohte, sollte ich jemals mit einer Menschenfrau schlafen, die uns unterstellt war. Dennoch machte mich meine Kreation unglaublich stolz. Statt des dunkelbraunen Haarwusts zierten nun glänzende, schulterlange Haare mit hellen Strähnen ihren Kopf. Die hässliche Brille hatte sich in Luft aufgelöst, in ihrer Hand hielt sie stattdessen ein Jahrespaket Monatslinsen. Statt ausgewaschener Jeans und ausgeleiertem

Band-Shirt war sie in ein rotes knielanges Sommerkleid geschlüpft, und ihre unansehnlichen Treter
waren durch weiße Chucks ersetzt. Mit einem weiteren Schnipsen zauberte ich einen Spiegel herbei
und winkte Sophie neben mich.

Ihre Augen fingen an zu leuchten und wurden mit
jeder Sekunde größer. Ungläubig wanderte ihr
Blick von der Frisur zu den Schuhen und zurück zu
ihren Haaren. Sophie brauchte einen Moment, um
sich zu fangen, bevor sie sich mit Tränen in den Augen zu mir umdrehte. »Danke, Nelson«, flüsterte
sie und fiel mir ohne Vorwarnung um den Hals.

»Alles gut«, erwiderte ich lachend, konnte ein Au-
genverdrehen jedoch nicht unterdrücken. Menschen waren einfach viel zu emotional! »Keine
Sorge, du musst dieses Kleid nicht jeden Tag

tragen, sonst wirst du ja wieder zum Gespött. Du wirst einige neue Outfits in deinem Schrank vorfinden. Es ist schon spät, du solltest langsam nach Hause gehen. Schließlich hast du einiges vor in den nächsten Wochen.«

Ohne ihre Antwort abzuwarten, trat ich vor die Tür und lief durch den Wald. Es war schon Abend, doch noch immer schien die Sonne. Die Temperatur war ein wenig gesunken und ein angenehmer Windhauch streichelte meine Haut. Das Gefühl von Freiheit durchfuhr meinen Körper und steigerte mein Glücksgefühl. Ich genoss es jedes Mal, wenn ich mit einem erfolgreich ausgeführten Auftrag nach Hause kam und meinem Vater beweisen konnte, dass ich ihm in nichts nachstand.

Als ich den Waldrand erreicht und mich kurz nach möglichen Beobachtern umgesehen hatte, beamte ich mich zurück in die Hölle. Vater hatte mir gesagt, dass ich direkt in den Besprechungsraum kommen sollte. Seufzend eilte ich den Marmorgang entlang und zündete mit einem Schnipsen alle Fackeln an den Wänden an. Der Gang war wie leergefegt, vermutlich waren die meisten Dämonen mit ihrer Arbeit fertig und hatten sich in ihre Kammern zurückgezogen. Schnellen Schrittes lief ich zum Besprechungssaal und klopfte kurz an, obwohl meine hallenden Schritte mich schon längst angekündigt haben mussten.

»Komm rein, mein Sohn«, ertönte die nasale Stimme meines Vaters. Ich hasste es, wenn er so künstlich sprach, nur um seinen Untergebenen zu zeigen, wer das Sagen hatte. Ich verdrehte kurz die

Augen, bevor ich das Zimmer betrat. Wie immer flackerte im Kamin ein Feuer, das nicht nur der Gemütlichkeit diente, sondern auch eine Überwachung der unteren Dämonen ermöglichte. Das Feuer diente als eine Art Fenster, durch das er immer mitbekam, wer seine Befehle wie gewünscht ausführte. In der Mitte des Raumes stand ein runder Besprechungstisch, an dem Luzifer, meine Mutter sowie zwei der höheren Dämonen saßen. Der Neugierde in ihren Augen konnte ich entnehmen, dass sie gespannt auf einen Bericht von mir gewartet hatten.

»Schön, dass du es noch vor Mitternacht geschafft hast, Nelson«, begrüßte mich Vater. »Und, hast du unserer lieben Sophie Thomas einen Besuch abgestattet und ihr in deiner überaus freundlichen und charmanten Art unseren Vorschlag unterbreitet?«

»Aber sicher, Vater«, erwiderte ich und setzte mich an meinem Stammplatz zu seiner Linken, rechts von ihm saß meine Mutter. »Und du hattest recht, Sophie hatte sich tatsächlich in meiner Hütte vor der bösen Welt versteckt.«

»Natürlich hatte ich recht. Ich beobachte die Menschen seit vielen Jahrtausenden und mache keine Fehler. Je verzweifelter sie sind, desto leichter sind sie zu lokalisieren«, knurrte er und bedachte mich mit einem bedrohlichen Blick. Hatte ich erwähnt, dass Vater nicht besonders gut mit Kritik und Zweifeln anderer umgehen kann?

»Sei es drum«, fuhr er mit einer wegwerfenden Handbewegung fort, nachdem ich demütig auf den Tisch schaute. So konnte ich sinnlose Diskussionen mit ihm am besten vermeiden. »Spann uns nicht auf die Folter. Warst du erfolgreich?«

Nun war es mein Stolz, der angegriffen wurde. Ein wenig beleidigt richtete ich mich auf und schaute selbstbewusst in die Runde. »Natürlich war ich erfolgreich. Zuerst brauchte es eine Weile. Ihre Mutter hat sie atheistisch erzogen, demnach hielt sie mein Gerede über dich und die Unterwelt zuerst für einen Scherz. Doch nachdem ich ihr kurz die Hölle gezeigt und ihr im Anschluss versprochen hatte, dass sie dir ihre Seele nicht verkaufen muss, hat sie zugestimmt. Da sie nun hübsch und attraktiv ist und Vertrauen ausstrahlt, dürfte sie der perfekte Köder für Jason sein, und sobald sie ihn gefunden hat, wird es sicherlich nicht lange dauern, bis wir diesem Verräter seine gerechte Strafe zukommen lassen können. Aber wir beide wissen ja, dass er sich rarmacht, und bis Sophie ihn aufgestöbert hat, könnte tatsächlich etwas Zeit vergehen.« Zufrieden sah ich meine Zuhörer an. Keine Frage, eines Tages würde ich einen sehr guten Höllenfürst abgeben!

»Ich wusste doch, dass du der Richtige für diesen Job bist«, erwiderte Vater milde lächelnd. Ihm war klar, dass ich, genau wie er, auf etwas anderes als eine liebevolle Vater-Sohn-Beziehung aus war. »Es ist in Ordnung, wenn sie etwas Zeit braucht, solange du sie regelmäßig besuchst und sie dich auf dem Laufenden hält. Das ist deine Aufgabe für die nächste Zeit, Nelson. Ich möchte, dass du mit ihr in regelmäßigem Kontakt stehst: Besuche sie, informiere dich über ihre Fortschritte und gib ihr das Gefühl, dass sie etwas Besonderes ist und das Richtige tut. Und dann hoffen wir, dass sie noch vor

Ende des Sommers bereit ist, ihre wahre Seite zu entfalten, und uns wirklich von Nutzen ist.«

»Wozu brauchst du sie denn, mein Herr?«, fragte Kaito, der Dämon, der meinem Vater gegenübersaß und seit Beginn sein treuester Diener war.

»Das werdet ihr alle erfahren, sobald der richtige Zeitpunkt gekommen ist«, erwiderte er breit grinsend und scheuchte uns alle aus dem Zimmer.

8

Sophie

Ungläubig starrte ich auf den Fleck, an dem eben noch Nelson gestanden hatte. War das wirklich gerade passiert? Hatte ich allen Ernstes einen kurzen Ausflug an den Ort gemacht, an dem ich niemals in meinem Leben und auch nicht nach meinem Tod landen wollte? O Gott, die Hölle existierte tatsächlich und auch Luzifer und Gott waren kein Hirngespinst machtsüchtiger alter Männer! Für einen kurzen Moment lehnte ich mich an die Wand und schloss die Augen. Ich nahm einen tiefen Atemzug und zwang mich dazu, mich zu beruhigen. Heute Morgen hatte ich noch geglaubt, dass ich es niemals allzu weit bringen würde, und nun hatte ich einen Deal mit dem Sohn des Teufels geschlossen.

Anstatt sehnsüchtig in ein Schaufenster zu schauen und danach frustriert nach Hause zu gehen, trug ich nun teure Kleidung. Ich hatte es geschafft, ich würde endlich Teil der beliebten Schülerschaft werden. Breit grinsend schnappte ich meine Tasche und verließ ebenfalls die Hütte. Es war noch hell draußen und ein Schwall angenehm kühler Abendluft kam mir entgegen. Obwohl ich vorhin den Weg zum ersten Mal gegangen war, führte mich meine Intuition aus dem Wald hinaus zur Cardigan Bay. Es war leerer als am Vormittag, weil die Rentner und Familien verschwunden waren. Nun gehörte der Strand den älteren Schülern und Studenten. Ich bahnte mir meinen Weg vorbei am „Pier Pressure", der Lieblingslocation feierwütiger Studenten hier in Aber, wie wir Einheimischen unsere Stadt nennen. Um ehrlich zu sein, war das einer von nur zwei Clubs und der andere konnte nicht mal annährend dieses Level halten. Dafür gab es hier viele Pubs, in denen man keinen Eintritt zahlen musste, gut was trinken und Fußballfans während einer Spielübertragung beobachten konnte, was meistens sehr lustig war. Seit ich volljährig war, trafen Elena und ich uns ab und zu in unserem Lieblingspub, dem „Harry's" mitten in der Innenstadt. Die leckeren Getränke waren günstig – für einen Sex on the Beach bezahlte man gerade mal etwas über drei Pfund.

Nachdem ich den „Pier Pressure" und den überfüllten Strand hinter mir gelassen hatte, lief ich durch die Innenstadt nach Hause. Obwohl ich hier von Geburt an aufgewachsen war, liebte ich die alten Gassen und klassischen Gebäude, die zusammen mit modernen Geschäften wie „Tesco" und

„Waterstones", Süßigkeitenläden und Souvenirshops ein unverwechselbares wunderbares Bild ergaben.

Kaum war ich zu Hause angekommen, musterte mich meine Mutter skeptisch von oben bis unten. Offensichtlich war ihr mein neuer Kleidungsstil nicht entgangen.

»Hallo, Sophie, schön, dass du endlich zu Hause bist. Ich habe versucht, dich zu erreichen, aber du hast nicht reagiert. Ist alles in Ordnung? Wo hast du diese neuen Klamotten her? Und wo ist deine Brille? Und was hast du mit deinen Haaren gemacht?" Wie immer, wenn sie sich um mich sorgte oder ihr eine Situation unbehaglich war, kniff sie ihre grünen Augen zusammen und biss sich auf die Unterlippe.

»Alles gut, Mama", versicherte ich ihr lächelnd und strich ihr eine braune Haarsträhne aus dem Gesicht. »Du musst aufhören, dir andauernd Sorgen um mich zu machen. Es tut dir nicht gut und ich bin volljährig. Im September gehe ich hier zur Uni, und wenn alles gut läuft, habe ich in drei Jahren einen Job und ziehe bei euch aus. Du kannst nicht immer auf mich aufpassen, Mama. Wenn ich dich brauche, dann sage ich das schon, versprochen. Ich war mit Elena shoppen und beim Friseur. Außerdem habe ich mich entschlossen, Kontaktlinsen zu tragen. Danach haben wir noch etwas am Strand gechillt. Du hast gestern bis in die Nacht gearbeitet und ich wollte einfach, dass du ein paar Stunden für dich hast.« Schnell drückte ich ihr einen Kuss auf die Wange, bevor ich mich geschickt von ihr wegdrehte, um meine Schuhe auszuziehen. Ich wollte nicht, dass sie mir mein schlechtes Gewissen ansah.

»Das war lieb von dir, Kleines, und die Ruhe tat mir wirklich gut. Aber du bist meine Tochter und ich werde mich immer um dich sorgen, ob es dir passt oder nicht. Du weißt doch, dass du anrufen sollst, wenn du nach der Schule länger weg bleibst. Und sei froh, dass dein Vater nicht da ist, er hätte wahrscheinlich einen Suchtrupp losgeschickt.«

Oh ja, das hätte er tatsächlich. Vor zwei Jahren war ich einmal nicht nach Hause gekommen, weil ich spontan bei Elena übernachtet und vergessen hatte, meine Eltern zu informieren. Mein Vater war losgezogen und hatte jeden meiner Lieblingsorte nach mir abgesucht und stand letztlich vor der Tür von Elenas Eltern - um zwei Uhr nachts wohlbemerkt.

Seitdem riefen ihre Eltern meine an und fragten nach, ob ich eine Erlaubnis hatte. Ich wusste nicht, warum sich meine Eltern mehr um mich sorgten, als es für mein Alter normal war, aber es brachte mir wegen jeder Kleinigkeit ein schlechtes Gewissen ein.

»Apropos Dad«, räusperte ich mich und schaute auf. »Wo ist er eigentlich? Sein Auto ist nicht da.«

»Dein Vater musste spontan auf eine mehrtägige Geschäftsreise, und weil du bis 15 Uhr Schule hattest, konnte er sich nicht von dir verabschieden. Er wird versuchen, dich vor dem Schlafengehen zu erreichen, aber er kann es nicht garantieren. Hilfst du mir beim Kochen?«

Während meine Mutter und ich gemeinsam das Essen zubereiteten, führten wir ein wenig Smalltalk und die Stimmung war so fröhlich wie immer. Doch ich merkte, dass etwas nicht in Ordnung war. Doch ihr Blick, mit dem sie mein neues Outfit musterte, zeigte deutlich, was sie davon hielt.

»Was ist denn, Mum?«, fragte ich betont ruhig.

»Nichts, Liebes. Ich frage mich nur, seit wann dir dein Aussehen so wichtig ist und wie du es dir leisten kannst.«

Genervt seufzte ich. Es war ja klar, dass sie es nicht dabei belassen konnte.

»Weißt du, ich habe über all die Jahre mein Taschengeld gespart und dachte mir, dass ein neuer Look für das anstehende Studium passend wäre.

Immerhin bin ich nun erwachsen und möchte auch so wahrgenommen werden. Aber jetzt mal was anderes. Wo musste Papa denn hin?« Während sie von der Geschäftsreise erzählte, hatte ich das Gefühl, dass ihr Vaters Reise nicht gefiel. Bei uns lief es in letzter Zeit finanziell nicht so gut. Hatte Papa vielleicht deshalb nun schon die zweite Reise in sechs Monaten angenommen? Vorsichtig fragte ich nach, jedoch ohne Erfolg. Statt mir von irgendwelchen Sorgen zu erzählen, berichtete sie ausführlich von ihrem häuslichen Wellnesstag und übertrieb es dabei mit ihrem Alles-ist-super-Lächeln. Mütter!

Gegen 20 Uhr ging ich unter dem Vorwand, noch etwas für ein Schulprojekt recherchieren zu müssen, in mein Zimmer. Kaum hatte ich die Tür geschlossen, fuhr ich meinen Laptop hoch und googelte nach Jason Skymount. Es gab mehrere Treffer in Wales, doch nur einer davon lebte in Aber. Ich fand heraus, dass dieser Jason ein privates Jugendzentrum in einer ehemaligen Kirche leitete, und schrieb ihn über Instagram an.

Hallo, Mr. Skymount. Mein Name ist Sophie Thomas und ich bin in meinem letzten Schuljahr, im September beginnt mein Studium. Zuvor würde ich gerne ein paar praktische Erfahrungen sammeln und suche daher einen Praktikumsplatz. Zwar habe ich keine jüngeren Geschwister, jedoch ist meine Mutter ausgebildete Erzieherin und heute als Erziehungscoach tätig. Ich habe sie schon öfter bei ihrer Arbeit unterstützt und als Babysitterin gejobbt. Ich würde mich freuen, wenn Sie mir in Ihrem Jugendzentrum eine Chance während der Ferien geben würden.

Mit freundlichen Grüßen, Sophie Thomas.

Lächelnd las ich meine Nachricht noch einmal durch, bevor ich sie abschickte. Das war der perfekte Plan, um an Jason heranzukommen, und gelogen war es auch nicht. Meine Mutter war tatsächlich Erzieherin gewesen, bevor sie als Erziehungs- und Lifecoach selbstständig wurde, und ich hatte insgesamt bestimmt zehn Mal auf Kinder in der Nachbarschaft aufgepasst. Er würde meinen Plan sicherlich nicht durchschauen.

Zufrieden mit mir selbst, ging ich ins Bad und machte mich bettfertig. Schließlich wollte ich am nächsten Tag in der Schule einen guten Eindruck hinterlassen.

9

Sophie

Es war sieben Uhr morgens, als mein Handywecker „Whenever" von Shakira spielte. Sofort schlug ich die Augen auf und tänzelte durch mein Zimmer zum Fenster, um die Sonne hereinzulassen, bevor ich mir in der Küche mein Frühstück zubereitete und anschließend ins Bad ging. Entschlossen, allen Menschen die neue Sophie zu zeigen, öffnete ich meinen Kleiderschrank, um zu schauen, welche Geschenke Nelson mir hinterlassen hatte. Überrascht von der großen Auswahl, die alle namenhaften Marken vertrat und Kleidung für jede Jahreszeit und Angelegenheit abdeckte, biss ich mir auf die Lippe - ein Tick, den ich mir während des Kindergartens angewöhnt hatte und der immer

durchkam, wenn ich angestrengt über etwas grü-
belte. Nach einer Weile entschied ich mich für eine
dunkelrote Bluse und eine blaue Skinnyjeans, dazu
weiße Sneaker. Ein Blick auf die Uhr verriet mir,
dass ich noch etwas Zeit hatte, also ging ich erneut
ins Bad und trug etwas von Mas Schminke auf. Mit
geschlossenen Augen stellte ich mich vor meinen
Ganzkörperspiegel und atmete ein paar Mal ein
und aus, bevor ich die Augen wieder öffnete. Was
ich sah, schockierte mich auf eine positive Art. Von
der alten Sophie waren nur die Figur und die Au-
genfarbe übriggeblieben, ansonsten hatte das Mädchen in dem Spiegel nichts mehr mit ihrer Vorgängerin gemeinsam, zumindest nach außen hin nicht.
Ich hatte, was ich wollte: Endlich konnte ich mit
unserer Beauty-Queen Ashley mithalten! Überglücklich darüber, dass sich mein größter Wunsch,

zumindest ein Teil davon, endlich erfüllt hatte, setzte ich mich auf meine Fensterbank und schoss ein Selfie, das ich sofort auf Instagram postete mit der Beschreibung: *War gestern spontan shoppen und habe meinen alten Kleiderschrank ausgemistet. Es wurde Zeit für einen erwachsenen Look für mein zukünftiges Studium. Die neue Frisur tut ihr Übriges, fühle mich wie neu geboren. #newlook #newlife #newhaircut #feelpretty #iloveshopping*

Zufrieden stellte ich anschließend das gleiche Bild als Profilbild ein und lächelte selig. War das wirklich meine neue Realität? Konnte ich tatsächlich zu den Mädchen zählen, die dauernd hübsche Fotos auf Instagram posteten und sich kein bisschen dafür schämten? Konnte auch ich erfolgreich damit werden und die neidischen Blicke anderer mit einem kühlen Lächeln erwidern? Hatte ich vielleicht

sogar die Möglichkeit, Ashley vom Thron zu stoßen? O Gott, was dachte ich denn da? Ich hatte
doch nicht vor, mich in eine selbstverliebte Zicke
zu verwandeln, sondern ich wollte einfach nur das
Mobbing hinter mir lassen und in eine selbstbewusste Zukunft schauen.

Entschlossen, mich nicht auf Ashleys Niveau her-
abzulassen und dennoch mit ihr mithalten zu können, verließ ich die Wohnung und machte mich auf
den Weg zur Schule. Ich war spät dran, doch zum
Glück war es nicht weit und ich war sportlich, sodass ich es gerade so pünktlich schaffte. Im Schul-
flur spürte ich interessierte, neugierige und bewun-
dernde Blicke auf mir ruhen und konnte mir ein
Grinsen nicht verkneifen. Hätte ich gewusst, wie
toll sich diese Zustimmung und Bewunderung

anfühlten, hätte ich schon vor langer Zeit meinen Look geändert!

Im Klassenzimmer angekommen, huschte ich schnell an meinen Platz neben Elena und betete innerlich, nicht rot zu werden. Meine Freundin schaute, ebenso wie alle anderen, auf. Jedoch war ihr Blick nicht voller Bewunderung, stattdessen hob sie spöttisch eine Augenbraue und musterte mich skeptisch.

»Du weißt, dass ich dich lieb hab, Süße, aber wer bist du und was hast du mit Sophie gemacht?«, raunte sie mir leise zu. Dankbar für ihren Versuch der Diskretion lächelte ich sie an.

»Hab ich doch bei Insta gepostet«, antwortete ich gespielt lässig. »Nach dem Bullshit von Ashley gestern ist mir einfach der Kragen geplatzt. Du weißt, dass ich jahrelang den Großteil meines Taschengeldes gespart habe, und gestern fühlte ich den Drang, es sinnvoll zu investieren. Gefällt dir mein Look etwa nicht?«

»O doch, du siehst großartig aus, aber eben nicht wie du selbst. Ich erkenne dich nicht in diesem Outfit und das macht mir Sorgen. Ich hoffe doch, dass du dir zumindest von deinen Interessen und Hobbys her treu bleibst und dich nicht für Ashley verbiegst«, erwiderte Elena lächelnd, doch ihr Blick blieb ernst.

»Hey, mach dir keine Sorgen um mich, ich bin immer noch Sophie Thomas, nur eine bessere Version davon. Ich verspreche dir, dass mein Charakter noch der gleiche ist. Aber genau das war das Ziel: einen Look zu kreieren, der so gar nicht nach der alten Sophie aussieht.« Und wie um es ihr zu beweisen, zeigte ich ihr den Plot zu meiner neuesten Kurzgeschichte. Das schien tatsächlich zu wirken, denn sofort entspannten sich Elenas Gesichtszüge.

»Dein Look kommt übrigens sehr gut an auf Instagram. Seit du es vor nicht mal einer Stunde gepostet hast, haben es schon hundert Leute geliked! Vergiss nur nicht, wer deine Freundin ist, wenn du dich eines Tages zwischen den Superreichen tummelst!«, rief sie gespielt entrüstet.

Was, hundert Likes? So viel hatte ich noch nie bekommen, mein bisheriger trauriger Rekord lag bei zehn. Nervös zückte ich mein Handy und öffnete Instagram. Und tatsächlich hatten mehr als hundert Leute mein Bild geliked und kommentiert. Ein warmes, wohliges Gefühl durchströmte meinen

Körper und unbewusst zog ich meine Jacke aus.

Selbst der öde Psychologiekurs würde meine

Laune heute nicht verderben können.

10

Sophie

Gelangweilt starrte ich auf mein Blatt Papier und versuchte, dem zähen Unterricht irgendwie zu folgen. Als ich mich für den Psychologiekurs angemeldet hatte, dachte ich, dass es interessant werden würde. Ich hatte gehofft, dass wir lernen würden, andere Menschen zu lesen und zu verstehen, aber im Endeffekt handelte es sich eher um eine Kombination aus Biologie und Chemie. Ich hatte meine Gründe gehabt, als ich diese Fächer abgewählt hatte. Vermutlich lag es an unserer Lehrerin, dass dieser Kurs zum Einschlafen war, denn meine Mutter hatte vor Jahren ebenfalls diese Schule besucht und sie hatte im Fach Psychologie tatsächlich soziale Themen behandelt, wie ich es erwartet hatte.

Als endlich der erlösende Pausengong ertönte, atmete ich erleichtert auf und schnappte mir meine Tasche. Die anderen Fächer des Tages gefielen mir und so kehrte meine gute Laune wieder zurück. Pfeifend schlenderte ich neben Elena her, unser Ziel war wie immer unser Baumstamm in der hintersten Ecke des Pausenhofs. Ich ließ mich fallen, setzte die Sonnenbrille auf, die ich dank der Kontaktlinsen jetzt endlich tragen konnte, und schloss die Augen.

»Ich kann's noch immer nicht glauben, dass du deinen Style gewechselt hast. Und unsere Mitschüler wohl auch nicht, alle starren in unsere Richtung«, murmelte Elena, und ihr Tonfall verriet, dass ihr diese Situation gar nicht gefiel. Vorsichtig öffnete ich meine Augen und sah, dass uns tatsächlich ein paar Schüler gefolgt waren. Immerhin hatten sie den Anstand, Abstand zu halten und nur auffällig-unauffällig in unsere Richtung zu starren.

»Hey, ich hatte nicht vor, gestalkt zu werden«, erwiderte ich gespielt entsetzt und schaute Elena entschuldigend an. »Ich wollte nur endlich Anerkennung bekommen, das ist alles. Dass es so ausarten würde, konnte ich nicht wissen! Aber gewöhn dich lieber daran, denn ich fühle mich hübscher als je zuvor und habe nicht vor, das wieder aufzugeben.«

Elena schüttelte ungläubig den Kopf. »Die Sophie, die ich kenne, interessiert sich nicht dafür, was andere Leute über sie und ihren Stil denken. Und du hättest wissen müssen, dass du die Attraktion des Schulhofes wirst, immerhin ist unsere Schule bekannt dafür, über alles zu tratschen, was in irgendeiner Weise ungewöhnlich scheint. Gib es zu: Du genießt diese bewundernden und neidischen Blicke doch!«

»Tut mir leid, Elle, wenn ich dich damit verstört habe. Du kannst mir glauben, dass ich noch immer auf Hardrock und Heavy Metal stehe und gerne weiterhin mit dir jedes Konzert rocke! Ehrenwort. Aber ja, nach all den Jahren Terror genieße ich die Bewunderung zu hundert Prozent. Scheinbar stimmt es tatsächlich, was alle sagen: Kleider machen Leute.«

»Aber wenn Kleider Leute machen, ist es dann nicht umso interessanter, anders als alle anderen gekleidet zu sein? Sagt dein neuer Stil dann nicht über dich aus, dass du ein ganz normales Mädchen bist, das sich den Konventionen der Gesellschaft unterwirft, anstatt individuell zu sein?«

Genervt setzte ich mich auf und nahm meine Sonnenbrille ab. Offenbar konnte und wollte meine Freundin mich nicht verstehen. »Elle, ich kann ja nachvollziehen, dass dich die Situation überfordert, und danke, dass du dir Sorgen um mich machst. Ich weiß das zu schätzen, wirklich. Aber genau das ist es doch, was ich möchte: ein ganz normales Mädchen sein. Aufzufallen hat mir bisher nur geschadet, und die Einzigen, die mich und meinen Stil ungefragt annahmen, waren meine Eltern und du. In ein paar Wochen ziehst du nach Cardiff und dann habe ich nur noch meine Eltern. Alles, was ich will, ist, wenigstens während des Studiums akzeptiert zu werden.«

Elenas Blick wurde weicher und sie versprach mir, dass wir weiterhin Kontakt halten und sie mich in den Ferien immer besuchen würde. Wir beide spürten, dass die Unterhaltung uns aufgewühlt hatte, und wechselten das Thema. Elena zeigte mir ihre neueste Zeichnung, die sie vorhin im Psychologieunterricht zu Papier gebracht hatte. Sie hatte sich für den Bachelorstudiengang *Media and Communication* eingeschrieben, mit dem Ziel, als selbstständige Grafikdesignerin zu arbeiten. Dafür hatte sie schon vor Jahren einen Designkurs besucht, in dem sie nicht nur gelernt hatte, Bilder so zu bearbeiten, dass sie als Buch- und Zeitschriftencover genutzt werden konnten. Sie versprach mir gerade, das Cover für meinen Kurzgeschichtenband zu gestalten, als wir Ashley und & Co. auf uns zukommen hörten.

»Hey, Thomas, hast du erst eine Bank überfallen oder gleich ein Geschäft ausgeraubt?«, rief Ashley zuckersüß.

»Tja, weißt du, manche von uns sparen lieber so lange ihr Geld, bis sie sich die Kleidung leisten können, anstatt einen auf verwöhnte und faule Prinzessin zu machen, die nichts anderes drauf hat, als ihre Eltern auszunutzen und ihren fehlenden IQ durch dumme Sprüche auszugleichen. Aber du und deine Schoßhündchen werdet sicherlich eines Tages ebenfalls vernünftig und selbstständig werden. Bis dahin geh einfach nach Hause und häng weiterhin am Rockzipfel deiner Mutter, anstatt meine wertvolle Zeit zu verschwenden. Ich habe Besseres zu tun, als mich mit Möchtegern-Prinzessinnen wie dir abzugeben.« Woher ich diesen Spruch und das notwendige Selbstbewusstsein hatte, konnte ich mir nicht erklären, aber es fühlte sich unglaublich gut an. Ein warmes Gefühl, das nichts mit den sommerlichen Temperaturen zu tun hatte, durchflutete meinen Körper und zauberte mir ein Lächeln ins Gesicht. Automatisch straffte ich meine Schultern und stand auf, um mit Ashley auf gleicher Augenhöhe zu sein.

Ashley klappte währenddessen ihren Mund auf und zu, unfähig, etwas zu erwidern. Der Höhepunkt jedoch war, als sich hektische rote Flecken auf ihrem Gesicht bildeten und ich ihr Gehirn geradezu rattern sehen konnte. Plötzlich wurde es laut um uns herum, und ich brauchte ein paar Sekunden, um zu verstehen, dass die anwesenden Schüler mir applaudierten. Ich hatte es tatsächlich geschafft, Ashley Benson, das arroganteste Mädchen der gesamten Schule, mundtot zu machen. Lachend zog ich Elena an ihrer Hand hoch und ging mit ihr hocherhobenen Hauptes zum

Klassenzimmer. Schließlich wollte ich in Geschichte wieder am Fenster sitzen.

»Heute ist echt dein Tag, Sophe, das solltest du feiern«, rief meine Freundin aus, und langsam schien ihr zu dämmern, dass ein Wechsel meines Kleidungsstils seine Berechtigung hatte. »Du hast nicht nur Ashley vor anderen Schülern zum Schweigen gebracht, sondern hast auch die besten Voraussetzungen, es auf Instagram weit zu bringen. Dein Bild wurde mittlerweile über dreihundertmal geliked!«

Noch bevor Elena mir den Beweis auf ihrem Handy zeigen konnte, hatte ich mein Smartphone hervorgeholt und meinen Instagram-Account geöffnet. Und tatsächlich hatte ich so viele Likes und einige tolle Kommentare. Doch noch wichtiger fand ich, dass mir eine Nachricht von Jason angezeigt wurde:

Hallo, Sophie. Es freut mich, dass Du Interesse an der Arbeit mit Kindern und Jugendlichen zeigst und Dich für mein Jugendzentrum interessierst. Falls Du nach der Schule Zeit hast, komm einfach vorbei und wir können darüber reden. Freundliche Grüße,

Jason.

Innerlich jubelte ich, durfte es nach außen jedoch nicht zeigen. Ich hatte es tatsächlich geschafft, Kontakt zu Jason aufzunehmen und sein Interesse zu wecken. Jetzt musste ich es nur noch schaffen, den Job tatsächlich zu bekommen. Wenn alles gut lief, konnte ich ihn Nelson schneller übergeben als erwartet und wäre dann noch vor Studienbeginn frei von jeglichen Schulden. Bei dieser Vorstellung konnte ich das Ende des Schultages noch weniger erwarten als sonst.

11

Sophie

Der restliche Schultag verging wie im Flug. Elena und ich wurden das erste Mal während der Pausen in die Gespräche anderer Cliquen einbezogen und wurden sogar zu Partys eingeladen, was wir beide jedoch dankend ablehnten, da wir nicht gerne feierten und uns die Abschlussprüfungen viel wichtiger waren. Wenn man nicht gemobbt wurde und keine Angst vor seinen Mitschülern haben musste, machte sogar der Unterricht Spaß, da ich mich nun traute, mich zu melden. Dennoch war ich froh, als um 15.30 Uhr endlich die Schulglocke zum Ende des Unterrichts läutete.

»Hey, Sophe, wollen wir kurz nach Hause und danach zum Strand? Bei der Hitze lerne ich lieber abends und momentan kriege ich sowieso nichts mehr in den Kopf.« Elena schlenderte neben mir her, ihre Jacke lässig um die Hüften geschlungen.

»Sorry, Elle, ich hab heute leider keine Zeit. Du weißt doch, dass ich mir noch unsicher bin, ob ich wirklich Geschichte oder doch lieber Erziehungswissenschaften studieren soll. Um das herauszufinden, habe ich mich bei einem Jugendzentrum für Praktikum beworben, und da habe ich gleich ein Vorstellungsgespräch. Aber vielleicht ja morgen.«

»Ach, echt? Wie cool! Davon hattest du ja gar nichts erzählt. Ich drücke dir die Daumen, dass du den Praktikumsplatz bekommst. Ich weiß ja, wie sehr du Kinder liebst und wie gerne du mit ihnen etwas unternimmst. Sag gleich Bescheid, ob es geklappt hat!«

Nachdem ich mich von Elena mit einer Umarmung verabschiedet und ihr viel Spaß am Strand gewünscht hatte, ging ich Richtung Jugendzentrum. Während die anderen Schüler in die entgegengesetzte Richtung zur Innenstadt strömten, lief ich den Penglais Hill - wegen des steilen Aufstiegs von uns Einheimischen auch Cardiac Hill, also Herzinfarkt-Hügel, genannt - hinauf. Da ich ihn seit meiner Kindheit regelmäßig bezwang, brauchte ich nur etwas mehr als eine halbe Stunde, bis ich oben ankam. Internationale Studierende, die zum ersten Mal in ihrem Leben hier waren, nahmen meist ein Taxi oder brauchten über eine Stunde, bis sie oben ankamen. Ich war gerne hier. Außer dem Campus und den Studentenwohnheimen gab es auch einen Supermarkt, eine Poststelle, ein Fish-and-Chips-Restaurant und das besagte Jugendzentrum. Hier konnte man sehr gut spazieren gehen, allerdings war die Hauptstraße sehr befahren und die meisten Autofahrer hatten kein Interesse, anzuhalten und Fußgänger passieren zu lassen. Deswegen überquerte ich die Straße an einer Verkehrsinsel, da es, abgesehen von der Brücke, die auf den Campus führte, keine andere Möglichkeit gab, heil über die Straße zu kommen.

Um kurz nach 16 Uhr erreichte ich mein Ziel und musste schmunzeln. Die Fassade verriet, dass es sich ehemals um eine kleine Kirche gehandelt hatte. Das Kreuz hing direkt unter dem Dach und hatte etwas Ehrfürchtiges an sich, jedoch relativierte der rot-orangefarbene Anstrich den frommen Eindruck und wirkte einladend. Das Gebäude war von einem kleinen Garten umgeben, in dem Stühle und Bänke standen, vermutlich für

Outdoor-Aktionen mit den Kindern und Jugendlichen. Obwohl ich noch nie zuvor hier gewesen war, fühlte ich mich willkommen. Mit einem breiten Lächeln im Gesicht öffnete ich die alte Holztür, die laut knarzte. Erschrocken hielt ich inne, als würde ich etwas Verbotenes tun. Mein Herz schlug mir bis zum Hals und unbemerkt hatte ich den Atem angehalten. Ich lauschte, doch außer dem Pochen meines Herzens war nichts zu hören. Erleichtert atmete ich aus und setzte meinen Weg fort. Nach ein paar Schritten kam ich an einem Info-Tresen an und klingelte. Wenige Sekunden später stand eine rothaarige Frau Mitte vierzig vor mir und begrüßte mich freundlich.

»Herzlich willkommen in Jasons Haus der Jugend. Du bist sicherlich Sophie Thomas. Jason hat mir erzählt, dass du uns während deiner Ferien unterstützten willst. Komm durch, ich bringe dich in sein Büro. Jason ist sicherlich auch gleich da. Ich bin übrigens Conny, Jasons Assistentin.«

Vorsichtig folgte ich ihr zum hintersten Raum. Dort wies sie mich an, auf dem Stuhl vor dem Schreibtisch Platz zu nehmen, und bot mir ein Wasser an. Dankbar nahm ich das Glas entgegen und wartete auf den Chef. Sein Büro war nicht besonders geräumig und vollgestellt mit Ordnern und Bastelmaterial. An den Wänden hingen mehr oder minder gelungene Kunstwerke, die garantiert von den Kindern und Jugendlichen stammten. Eine billige Kaffeemaschine stand auf der Fensterbank, ein in die Jahre gekommener PC auf dem Schreibtisch, umgeben von Papier und Stiften. Bevor ich über Jasons Hang zur Unordnung, die mich stark an mich selbst erinnerte, schmunzeln konnte, öffnete sich die Tür und ein junger Mann mit kurzen hellbraunen Locken und Drei-Tage-Bart betrat den Raum. Er war etwa einen Kopf größer als ich und hatte eine sportlich-schlanke Statur. Als er mir seine Hand reichte, breitete sich ein ehrliches Lächeln auf seinem Gesicht aus und seine dunkelblauen Augen funkelten. Ich spürte, wie ich rot wurde, solch intensive Blicke war ich schlichtweg nicht gewohnt, besonders nicht von gutaussehenden Männern.

»Du bist also Sophie. Ich heiße Jason und habe vor fünf Jahren dieses Jugendzentrum übernommen, um Kinder aus verschiedenen sozialen Schichten zusammenzuführen und jedem die Chance zu geben, seine Ferien auch ohne Urlaub zu genießen. Das Projekt finanziert sich größtenteils aus Spenden, damit Kindern aus einkommensschwachen Familien ein kostenloses Programm geboten werden kann. Es ist also wichtig, dass du nicht nur mit Kindern allgemein klarkommst, sondern dich auch in die hineinversetzen kannst, die aufgrund ihrer familiären Situation zurückhaltend oder besonders temperamentvoll sind. Kannst du das?«

Ohne zu zögern, nickte ich, und das war nicht gelogen. »Ja, das kann ich tatsächlich gut. Wie ich ja geschrieben habe, arbeitet meine Mutter als Erziehungscoach und hat dabei auch mit einkommensschwachen Familien zu tun. Sie hat mir von Anfang an beigebracht, dass in manchen Situationen eine andere Vorgehensweise und besonderes Einfühlungsvermögen gefordert sind. Manchmal helfe ich meiner Mutter auch, zum Beispiel, wenn sie sich zuerst mit den Eltern in Ruhe unterhalten will, dann kümmere ich mich um die Kinder. Manche davon sind schüchtern und sprechen nicht sofort mit mir. Andere schreien mich an und wiederum andere nehmen mich an die Hand, weil sie mit mir spielen wollen. Ich kenne viele Situationen und kann mich gut auf die Kinder einstellen. Aber ich weiß halt nicht, ob ich das mit mehreren Kindern und Jugendlichen außerhalb unserer Wohnung ebenso gut hinbekomme. Deshalb bin ich hier, um herauszufinden, ob ich das schaffe und beruflich machen möchte.« Zugegeben, der Teil mit dem beruflichen war eine glatte Lüge. Die einzigen Stellen, die mich interessierten, waren in Museen, als Historikerin zu forschen oder mein Geld als freie Autorin zu verdienen. Aber das musste Jason ja nicht wissen.

Sichtlich beeindruckt von meiner Erfahrung hob er die linke Augenbraue und lächelte mich an. »Das klingt doch sehr vielversprechend, Sophie. Es gibt tatsächlich ein Projekt, in dem ich deine Hilfe gebrauchen könnte. Es dauert nur einen Monat, den gesamten Juli, ist also perfekt für dein Praktikum. Es ist eine Filmwerkstatt für Jugendliche zwischen zwölf und fünfzehn Jahren. Die Teilnehmer sollen sich zusammen eine Geschichte ausdenken, das Drehbuch schreiben und dann natürlich den Film drehen. Jeder spielt eine Rolle oder hat eine Aufgabe. Das Projekt soll die Fähigkeit zum Zusammenarbeiten fördern und einen Einstieg in den Umgang mit Medien geben. Und du hättest einen prima Einblick in die Arbeit in einem Jugendhaus. Bist du dabei?«

Breit grinsend schlug ich ein. Meinte das Schicksal es tatsächlich so gut mit mir? Es war die perfekte Chance, um Jason unauffällig näherzukommen.

»Das klingt perfekt! Vielen Dank, dass du mir eine Chance gibst. Und dann auch noch ein Filmprojekt - das ist echt der Hammer! Wann soll ich am 1. Juli da sein?«

»Der Kurs beginnt um neun Uhr, viele Eltern geben ihre Sprösslinge aber schon früher ab. Am besten kommst du gegen acht Uhr, dann haben wir etwas Zeit zum Besprechen und Vorbereiten. Ich freue mich.« Überglücklich verabschiedete mich von Jason. Dies war der bisher beste Tag meines Lebens. Es war so lange her, dass alles perfekt ablief und ich konnte es kaum erwarten, meinen Teil der Vereinbarung mit Jason einzulösen.

12

Sophie

Es war soweit! Die Prüfungen lagen hinter mir, und der Tag, auf den ich seit meiner Einschulung hin gefiebert hatte, war endlich da: Mein Schulabschluss stand bevor! Sobald ich mein Abschlusszeugnis in der Hand hielt, war ich frei. Frei von meiner Vergangenheit, frei von Ashley Benson und ihrer Clique und von der Schule. Zugegeben, die letzten Wochen waren dank meines neuen Looks nicht mehr ganz so schlimm gewesen wie die vergangenen Jahre. Ich hatte endlich die Anerkennung bekommen, die mir zustand, und niemand hatte mich mehr geärgert. Aber dennoch konnte ich es kaum erwarten, meine Schulzeit für immer hinter mir zu lassen.

Um diesen Tag gebührend zu begrüßen, hatte ich meinen Wecker auf sieben Uhr gestellt, obwohl erst um zehn Uhr Einlass in die Aula sein würde. Gut gelaunt ging ich in die Küche. Meine Eltern schienen schon länger wach zu sein und schauten erstaunt vom Frühstückstisch auf. Schließlich war ich als die Langschläferin der Familie bekannt.

»Hattest du einen Albtraum?«, begrüßte mich mein Vater. Genervt rollte ich mit den Augen, konnte mir ein Grinsen aber nicht verkneifen. Wenn er nicht gerade mit Arbeiten oder Schlafen beschäftigt war, schien er seine gesamte Kraft darauf zu fokussieren, meiner Mutter und mir gewaltig auf die Nerven zu gehen.

»Nein, Dad, im Gegenteil, ich habe von einem Leben ohne Schule geträumt. Und falls du es nicht mitbekommen haben solltest, fahren wir nachher zu meiner Abschlussfeier, und da möchte ich top aussehen. Aber warum erzähle ich dir das? Ohne Mamas Hilfe würdest du jeden Tag wie ein Crack-Junkie auf einer Achtzigerjahre-Party zur Arbeit erscheinen. Echt mal, ein Schlafanzug mit Teddys? Wie alt bist du? Ganz ehrlich, sogar dein Frühstück hat mehr Ahnung von Style!« Zugegeben, das war jetzt nicht besonders freundlich gewesen, aber erstens war das Spaß und mein Vater und ich haben den gleichen Humor, und zweitens stimmte es.

»O ja, ich finde, mein Toastbrot hat sich wirklich fein herausgeputzt heute. Extra für dich«, erwiderte mein Vater lachend und nun brachen auch bei mir alle Dämme. Während ich mir mit der rechten Hand Kaffee eingoss und mit der linken Hand Toast balancierte, sah ich aus den Augenwinkeln, wie nun meine Mutter mit den Augen rollte. Das hatte ich wohl von ihr geerbt.

»Ihr beide seid wirklich unmöglich! Wie gut, dass das keiner außer mir mitbekommt! Hast du gut geschlafen, Sophie?«

»Ja, Mama, hab ich. Und du?«

Während des Frühstücks besprachen wir den Tagesablauf, der natürlich ganz im Zeichen meines Schulabschlusses stand, bevor ich mich im Badezimmer fertig machte. Ich zog mir eine verspielte weiße Bluse mit Blumenmuster und einen knielangen schwarzen Rock an, weil es mir für eine lange Hose deutlich zu warm war. Dazu trug ich Mamas schwarze Pumps und peppte mein Outfit mit einer Halskette aus echtem Silber und dazu passenden Ohrringen und einem Armband auf. Da ich am

Abend beim Abschlussball mit einem unglaublichen Look erscheinen wollte, verzichtete ich bewusst auf Make-up. Zufrieden mit mir und meinem Aussehen, gesellte ich mich zu meinen Eltern ins Wohnzimmer, die natürlich schon längst auf mich warteten.

»Du siehst wunderschön aus, Kleines«, meinte meine Mutter, nachdem sie damit fertig war, mich bewundernd anzustarren. Was würde sie dann erst zu meinem Ball-Outfit sagen?

»Danke, Mama, du aber auch«, gab ich das Kompliment zurück und hakte mich bei ihr unter.

Da Elena und ihre Eltern typischer Weise überpünktlich waren, hatten sie uns sehr gute Sitzplätze freigehalten. Die Aula füllte sich immer mehr und um kurz nach zehn schloss sich die Tür und unsere

Schulleiterin betrat unter tosendem Applaus die Bühne.

»Liebe Schülerinnen und Schüler, liebe Eltern, Großeltern, Geschwister und Freunde. Heute ist ein ganz besonderer Tag für einige von uns. Jahrelang haben unsere Absolventen die Schulbank gedrückt, bis zum Umkippen gelernt und sind nach jedem Scheitern wieder aufgestanden. Sie haben sich weiterentwickelt, haben Freundschaften fürs Leben geschlossen und haben mehr oder weniger Nützliches gelernt. Doch heute geht ein wichtiges Kapitel ihres Lebens zu Ende und ein neues wartet darauf, aufgeschlagen zu werden. Bisher standen wir ihnen immer zur Seite, doch nun müssen sie lernen, alleine zurecht zu kommen. Keiner wird ihnen mehrfach seinen Unterrichtsstoff erklären oder mit ihnen lernen. Niemand wird ihren

Stundenplan für sie zusammenstellen oder sie daran erinnern, frühmorgens aufzustehen. Das nächste Abenteuer - sei es ein Studium hier oder im Ausland, eine Ausbildung oder ein paar erfahrungsreiche Monate im Ausland - müssen sie alleine bewerkstelligen. Und ja, sie werden scheitern und das nicht nur einmal. Aber sie werden auch wieder aufstehen und weitermachen. Liebe Absolventinnen und Absolventen, freuen Sie sich auf das, was kommt, und nutzen Sie Ihr nächstes Abenteuer als Chance für einen Neuanfang. Lassen Sie sich auf das Leben ein und finden Sie heraus, wer Sie sind. Vielleicht sehen wir uns eines Tages wieder und Sie haben spannende Geschichten zu erzählen. Doch nun bitte ich Sie, nacheinander auf die Bühne zu kommen und Ihr Abschlusszeugnis entgegenzunehmen.«

Nach dieser bewegenden Rede bekam unsere Schulleiterin einen weiteren tosenden Applaus, bevor wir alphabetisch aufgerufen wurden. Die Eltern zückten ihre Handys und Kameras, um den wichtigen Moment im Leben ihrer Kinder festzuhalten. Viele Mütter wischten sich Tränen aus den Augen, und Schüler, die bisher nichts miteinander zu tun hatten, reichten sich die Hand und gratulierten sich. Es war ein magischer Moment und auch ich hatte mit den Tränen zu kämpfen. Endlich fiel auch mein Name und zusammen mit meinem Zeugnis bekam ich eine Rose in die Hand gedrückt. Dankbar nahm ich beides entgegen und schielte auf mein Zeugnis. Erleichtert stellte ich fest, dass ich nur As und Bs hatte. Nachdem die örtliche Presse Fotos gemacht hatte, durften wir Schüler auf unsere Sitzplätze zurückkehren. Bevor wir jedoch die Aula verließen, traten Schüler niedrigerer Klassen mit verschiedenen Darbietungen auf. Gegen zwölf Uhr mittags beendete eine Schülerin ihr Lied und wir alle wurden entlassen.

»WIR HABEN ES GESCHAFFT!«, riefen Elena und ich wie aus einem Mund, liefen aufeinander zu und fielen uns um den Hals.

»Ich habe nicht ein einziges C, nicht mal in Psychologie!«, erklärte ich voller Stolz und grinste wie ein Honigkuchenpferd.

»Glückwunsch, Sophe. Ich wusste, dass du das schaffst. Ich habe zwar ein C, aber der Literaturlehrer konnte mich noch nie ausstehen!«, erwiderte Elle und umarmte mich noch einmal.

»Ich kann nicht fassen, dass wir nie wieder zur Schule gehen werden. Ich meine, das ist doch verrückt! Es fühlt sich nicht real an.«

»Ich weiß, kaum zu glauben. Das letzte Jahr ist echt gerannt«, stimmte Elle mir zu. »Wollen wir uns nachher vor dem Ball am See treffen?«

»Oh ja, gerne!«, rief ich und grinste wie ein Honigkuchenpferd.

»Meine Güte!«, rief Elenas Vater lachend und schüttelte amüsiert den Kopf. »Ihr tut ja gerade so, als würdet ihr euch nie wiedersehen.«

»Na ja, ist ja auch irgendwie so, Dad. Wenn ich erst mal in Cardiff bin, sehen wir uns nur noch in den Ferien. Wir müssen also jede Chance nutzen, die wir haben!«, erklärte Elle diplomatisch und lächelte. Unsere Eltern tauschten einen Blick aus, stimmten jedoch zu.

13

Sophie

Auf dem Heimweg strahlte noch immer vor mich hin. Zwar hatte ich mich schon im Januar für meinen Studienplatz beworben und auch kurz darauf eine Zusage bekommen, jedoch nur vorläufig und unter der Bedingung, kein einziges C im Zeugnis zu haben. Da meine Psychologie-Lehrerin und ich uns nie besonders gut verstanden hatten, hatte ich befürchtet, dass sie mir ein C reinwürgen würde. Nun musste ich nur noch den Laptop hochfahren und einen Scan meines Zeugnisses einreichen, bevor ich es nächste Woche persönlich im Büro abgab und dann stand nichts mehr zwischen mir und meinem Studienbeginn.

»Was machst du da, Kleines? Ist es nicht schon unfair genug, dass du uns nur so wenig Zeit zum Feiern deines Abschlusses einräumst, bevor du dich mit Elena triffst und später zum Ball gehst? Musst du allen Ernstes jetzt auch noch am Laptop sitzen?« Obwohl mein Vater nicht wirklich enttäuscht war - schließlich würden wir das am Wochenende nachholen -, klang seine Stimme streng.

»Sorry, Dad, ich bin gleich fertig«, murmelte ich und sah ihn verlegen an. »Ich will nur kurz das Zeugnis einscannen, dann bin ich bei euch.«

Seufzend trat mein Vater neben mich. »Kannst du das nicht morgen machen? Ich weiß ja, dass du stolz bist, und das sind deine Mum und ich auch, aber so eilig ist es doch auch wieder nicht.«

Ich zeigte auf den Laptop, der mittlerweile hochgefahren war. »Jetzt macht es doch eh keinen Unterschied mehr und-«

»Würdest du dann gleich die Homepage vom *Wild Dragon* öffnen, damit wir uns was bestellen können? Ich habe keine Lust, mich jetzt noch schnell in die Küche zu stellen. Sucht euch aus, was ihr essen wollt. Ich nehme wie immer die Ente Spezial«, rief meine Mutter, während sie das Wohnzimmer betrat.

Mit leuchtenden Augen drehte ich mich zu ihr um. »Danke, Mum, du bist die Beste!«, rief ich. Mein Vater grinste in sich hinein und schüttelte den Kopf. Jeder, der mich kannte, wusste, dass ich mich über Essen von meinem Lieblingschinesen so freute wie ein kleines Mädchen über ein Puppenhaus.

Nachdem ich das Zeugnis abgeschickt hatte, bestellte ich für uns alle. Das Essen wurde zügig geliefert. Schnell setzten wir uns an den Küchentisch und verputzten genüsslich unser Essen. Währenddessen wollten meine Eltern wissen, was ich für Ferienpläne hatte. Endlich konnte ich ihnen von dem Job erzählen und sie freuten sich. Mein Vater betonte, dass jede praktische Berufserfahrung wichtiger als die Noten sei, und fand es gut, dass ich nicht den ganzen Sommer auf der faulen Haut liegen wollte.

Als wir aufgegessen hatten, wollte ich aufstehen, doch meine Mutter hielt mich zurück.

»Wir haben noch eine Kleinigkeit für dich«, sagte sie lächelnd und stand auf, um ein Geschenk zu holen. Verlegen nahm ich es entgegen und lächelte meine Eltern an.

»Das wäre doch nicht nötig gewesen!«, rief ich, während ich das Geschenk öffnete. Zum Vorscheinen kam eine antik wirkende Halskette, die sicherlich ein Vermögen gekostet hatte. Er erinnerte an das keltische Radkreuz, hatte in der Mitte jedoch das Symbol von Gottes Auge eingraviert. Das Kreuz war rot und auf einer silbernen Platte aufgebracht, die wiederum mit Brillanten bestückt war.

»Wow!«, hauchte ich und starrte ungläubig auf das Schmuckstück. »Das ist wunderschön! Wo habt ihr das her? Es muss schrecklich teuer gewesen sein!«

Lachend umarmte mein Vater mich und sah mich anschließend eindringlich an. » Es ist ein altes Familienerbstück. Der Anhänger besteht aus echtem Silber, und das Kreuz wurde aus Rubinen gefertigt. Trag es immer bei dir, aber zeig es nicht jedem. Es würde uns traurig machen, wenn dieser Anhänger in die falschen Hände geriete.«

Mit Tränen in den Augen zog ich erst meinen Vater und anschließend meine Mutter in die Arme und drückte beiden einen Kuss auf die Wange. »Vielen Dank! Ihr habt keine Ahnung, was mir das bedeutet! Ich habe euch lieb!«

Danach zog ich mich für den Strand um und ging zum Treffpunkt. Elle wartete schon auf mich und winkte. Lächelnd gesellte ich mich zu ihr und zog mein Sommerkleid, unter dem sich mein Bikini verbarg, aus. Während ich mich eincremte, spürte ich Elenas Blick auf mir ruhen.

»Deine Eltern sind ganz schön sensibel, was?« Hä, wie kam sie denn jetzt da drauf? Offenbar konnte sie meine Gedanken lesen, denn sie brach in schallendes Gelächter aus, bevor sie zu einer Erklärung ansetzte. »Na, wir waren eigentlich schon vor einer halben Stunde verabredet, aber scheinbar wollten sie dich nicht loslassen.«

»Ach, so meintest du das! Ähm, ja, wir haben etwas beim Chinesen bestellt und dann haben meine Eltern mir eine superteure Halskette zum Abschluss geschenkt. Eine richtig wertvolle und antike. Aber ich durfte sie nicht mitnehmen. Deswegen bin ich zu spät«, entschuldigte ich mich.

»Oh, wie cool ist das denn! Ich habe von meinen Eltern ein neues Zeichenset und ein Adobe-Jahresabo bekommen.«

Meine Augen weiteten sich. Elenas Eltern hatten nicht besonders viel Geld, und Geschenke gab es deswegen nur zu besonderen Anlässen. Ich wusste, dass ein Abo bei Adobe teuer war, und dann auch noch ein Zeichenset dazu! Darauf mussten ihre Eltern sicherlich lange gespart haben! »Oh, wow! Deine Eltern hätten dir das bestimmt nicht geschenkt, wenn sie dich nicht bei deinem Traum, eines Tages als selbstständige Grafikdesignerin zu arbeiten, unterstützen würden. Ganz ehrlich, das ist viel mehr wert als jeglicher Luxus!«

»Ich weiß und ich bin auch dankbar dafür. Aber wir sind ja nicht nur zum Quatschen hier, oder?

Das hätten wir auch in eurem Garten machen können. Los jetzt, ich will ins Wasser!«

Schon war Elena aufgesprungen und zog mich
hoch. Lachend folgte ich ihrer Aufforderung. Nur
wenige Sekunden später ließen wir uns ins Wasser
fallen und plantschten ausgelassen wie Kinder.

14

Sophie

Als ich nach Hause zurückkam, war niemand da. Vermutlich wollten meine Eltern mich in Ruhe lassen, damit ich mich auf den Ball vorbereiten konnte. Lächelnd ging ich ins Bad und gönnte mir eine ausgiebige Dusche, die zugleich meiner Entspannung diente. Anschließend föhnte und glättete ich meine Haare, bevor ich mein Ballkleid anzog. Es war dunkelrot, knielang und hatte einen großzügigen Ausschnitt. Die Ärmel waren aus durchsichtiger Spitze und verliehen dem gesamten Kleid einen Hauch von Eleganz. Dazu zog ich schwarze Schuhe mit leichtem Absatz an und zog den neuen Anhänger an. Auch beim Make-up war ich nicht sparsam. Schließlich war es die beste Chance zu zeigen, dass auch die brave Sophie sexy sein konnte, und meinem Instagram-Account würde es auch nicht schaden. Meine Augen verwandelten sich in Smokey-Eyes, bevor ich etwas Foundation auftrug. Mit Mamas Rouge betonte ich meine Wangenknochen, und zum Schluss trug ich dunkelroten Lipgloss auf. Ein Blick in den Spiegel brachte mich zum Grinsen. Ich sah eine komplett neue Sophie Thomas, die nichts mehr mit dem braven Schulmädchen gemeinsam hatte. Stattdessen lächelte mir eine junge selbstbewusste Frau entgegen. Ashley und ihre Schoßhündchen würden Augen machen, wenn sie mich so sahen!

Seufzend nahm ich meine Handtasche, selbstverständlich die kleine schwarze, und verließ das Haus. Kurz darauf stand ich vor Elenas Haus und klingelte.

»Wow, was hast du denn vor?«, begrüßte mich meine Freundin und schaute mich mit offenem Mund an. Grinsend musterte ich ihr Outfit, das auch nicht gerade ohne war. Sie trug ein knielanges, trägerloses schwarzes Kleid, das vorne hochgeschlossen war, hinten aber einen gewissen Einblick bot. Der untere Teil war mit Strasssteinen besetzt. Passend zu ihren rosafarbenen Haaren trug sie eine Kette mit rosafarbenen Anhänger, ein dazugehöriges Armband zierte ihr rechtes Handgelenk. Der Absatz ihrer schwarzen Pumps betrug bestimmt fünf Zentimeter, und ihre Haare fielen in zarten Wellen über ihre Schultern.

»Das musst du gerade sagen!«, erwiderte ich und umarmte sie lachend. »Wie kannst du auf diesen Dingern laufen? Ich hab dich bisher nur in Turnschuhen gesehen.«

»Die gehören meiner Mutter, ich hab sie mir für heute ausgeliehen und die letzten Wochen jeden Tag geübt, damit heute Abend nichts schiefgehen kann. Aber das kann gerne eine Ausnahme bleiben, ich bevorzuge meine Chucks!«

»Und deine Bandshirts«, setzte ich lachend hinzu. Elle sah wunderschön aus, keine Frage, aber ich wusste, dass sie sich nicht wirklich wohl fühlte. Für den Ball gab es jedoch einen Dresscode: Wir Mädchen mussten in schicken Ballkleidern erscheinen, und die Jungs bekamen nur im Smoking Zugang. Und da Elena ihren eigenen Abschlussball nicht verpassen wollte, hatte sie sich kurzerhand am Kleiderschrank ihrer Mutter bedient.

»Allerdings!«, stimmte sie fröhlich zu und hakte sich bei mir unter, während wir zur Schule schritten. »Du hingegen wirkst, als wärst du schon im Ballkleid auf die Welt gekommen. Vielleicht solltest du öfter so aufgestylt auf Partys erscheinen. Das dürfte deiner Beliebtheit an der Uni garantiert auf die Sprünge helfen.«

»Da hast du wohl recht. Ich habe gehört, dass die beliebten Studenten an den berüchtigten Partys nicht vorbeikommen. Mal sehen, ob das ein Lifestyle für mich sein könnte. Da bräuchte ich dann allerdings mehr Outfits«, setzte ich nachdenklich hinzu.

»Oder du erschaffst dir den Ruf der Partygöre mit nur einem einzigen Partyoutfit!«, schlug Elena lachend vor.

»Ja, klar, weil ich auch unbedingt wieder die Opferrolle haben will! Ich weiß nicht mal, ob mir der

Ruf als Partyfrau gefallen könnte. Lass es uns heute herausfinden!«

Ehe wirs uns versahen, kamen Elena und ich an der Schule an. Die Schlange vor der Aula war etwas länger, und so nutzte ich die Zeit, um die Outfits meiner Mitschüler zu checken. Während die Mädchen alle unterschiedliche Kleider trugen, glichen sich die Jungs in ihren schwarzen Smokings im Dämmerlicht wie ein Ei dem anderen. Viele Mädchen hatten sich bei ihren Dates eingehängt, als hätten sie Angst, in der Menge zu ertrinken, und natürlich schlangen ihre Jungs beschützend die Arme um sie. Ich war selten glücklicher als heute, dass ich auf ein Date verzichtet hatte. Einen Möchtegern-Beschützer, der sich für den großen Helden hielt und den Macho raushängen ließ, konnte ich wirklich nicht gebrauchen. Seit ich meinen

Kleidungsstil gewechselt hatte, bekam ich viele Angebote dieser Spezies und hatte immer dankend abgelehnt. Wieso sollte ich den ganzen Tag an einem Typen hängen, der nur darauf hoffte, mich am Ende ins Bett zu bekommen, wenn ich stattdessen den Abend mit meiner besten Freundin genießen konnte?

Nachdem wir eine Weile gewartet hatten, waren endlich Elle und ich an der Reihe. Der Mann von der Security wollte zuerst unsere Eintrittskarten sehen, bevor er einen Blick in unsere Taschen warf. Dann bekamen wir einen Stempel auf unsere Hände und durften durchgehen. Der Vorraum der Aula war zu einer Garderobe umgebaut wurden, an der wir unsere Handtaschen für ein Pfund abgeben konnten. Mein Kleid hatte an der Innenseite eine versteckte Tasche eingenäht, in der ich unsere

Abholkarten verstaute. Aus der Aula schallte laute Musik in den Vorraum und versetzte mich in Partystimmung. Gespannt betraten wir den Saal und blieben staunend stehen. Rechts war eine große Bar aufgebaut, an der es zahlreiche Getränke und einige Sitzplätze gab. Auf der Bühne tanzten schon ein paar Schüler ausgelassen.   Abseits der Bühne gab es weitere Sitzgelegenheiten. Sogar eine Discokugel hatte sich die Schule geleistet. Mit offenem Mund schaute ich mich um und versuchte, all die Details in mich aufzusaugen. Nun verstand ich auch, warum die Eintrittskarten so teuer waren. Das Ambiente der Aula konnte locker mit den gehobenen Clubs der Großstädte mithalten!

»Wollen wir tanzen?«, rief Elle mir über den Lärm hinweg zu und sah mich mit leuchtenden Augen an. Elle liebte es, sich zu amüsieren, auf Konzerten gab es niemanden, der bessere Moves als sie drauf hatte, und nicht selten wurde sie von anderen Fans zu Tanzbattles herausgefordert.

Lachend verdrehte ich die Augen. »Das ist ja so typisch für dich! Können wir nicht erst mal zur Bar gehen? Ich blamiere mich lieber, wenn ich es nicht mehr zu hundert Prozent mitbekomme. Außerdem ist da gerade echt viel los.«

»Na schön. Aber nur, wenn du mir versprichst, dass wir heute auf jeden Fall noch tanzen werden!« Lachend zog sie mich am Arm Richtung Bar und kurz darauf machten wir es uns auf zwei Hockern bequem. Ich entschied mich für einen *Cuba Libre*, Elle hatte sich einen Erdbeer-Bananen-Cocktail bestellt. Gemütlich genossen wir unsere Getränke und unterhielten uns prächtig. Ich war lange nicht mehr so ausgelassen wie heute, doch das änderte sich schlagartig, als ich zufällig Nelson sah, der mir grinsend zuprostete und auf mich zu schlenderte. Was zur Hölle wollte der denn hier?

15

Nelson

Unverzüglich machte ich mich auf den Weg in Vaters Büro. Er hatte den Dämon Kaito zu mir geschickt, der mir ausrichtete, dass er mich schnellstmöglich zu sehen wünsche. Den Wächter der Hölle, den Meister der Folter lässt man natürlich nicht warten. Ich hatte zwar keine Ahnung, was ich angestellt hatte, aber ich würde es gleich wissen. Vor seiner Bürotür blieb ich stehen und schloss für einen Moment die Augen. Ich nahm mir die Zeit, durchzuatmen und innerlich ruhig zu werden, bevor ich die Türklinke herunterdrückte.

»Hallo, Vater. Was kann ich für dich tun?« Leise schloss ich die Tür und setzte mich ihm gegenüber.

»Schön, dass du da bist, mein Sohn. Falls du dich erinnerst, habe ich dich vor ein paar Wochen auf eine Mission geschickt. Du solltest das Mauerblümchen Sophie Thomas um den Finger wickeln und einen Deal aushandeln. Das hast du auch. Doch ich frage mich langsam, ob du noch bei der Sache bist.«

»Natürlich bin ich noch dran, Vater! Jeden verdammten Tag!«, rief ich zu meiner Verteidigung und nahm eine aufrechte Haltung ein. Dieses Gespräch war ernst, da wollte ich auf keinen Fall schwach oder eingeschüchtert wirken. Ich hob meinen Blick und sah meinem Vater direkt in die Augen, damit er sich davon überzeugen konnte, dass ich die Wahrheit sagte.

»Wenn du jeden Tag bei der Sache bist, wie kann es dann sein, dass ich weder einen Bericht von dir bekommen habe, noch anderweitig das Gefühl habe, dass es vorangeht?« Seine Stimme war ruhig und eisig, sie zerschnitt die Stille wie ein Messer und schallte mir entgegen wie eine Ohrfeige. Sein Blick ruhte auf mir und bohrte sich in meinen Kopf, wie immer, wenn er wütend war.

»Du hast deswegen noch keinen Bericht von mir erhalten, weil es nichts Neues zu berichten gibt. Ich habe Sophie die letzten Wochen beobachtet und mich davon überzeugt, dass sie ihren neuen Look tatsächlich nutzt und mit anderen Menschen in Kontakt tritt. Ich bin mir sicher, dass sie auf der Suche nach Jason ist, denn ich habe bei unserem Treffen sichergestellt, dass sie die dunklen Seiten der Hölle mit eigenen Augen gesehen hat. Und glaube mir, das hat gehörigen Eindruck auf sie gemacht. Ich denke nicht, dass sie den Mut hat, sich gegen mich zu stellen, und riskieren will, selber in der Folterkammer zu landen. Aber du weißt, dass Jason nicht blöd ist. Vermutlich ist er untergetaucht und sie muss ihn erst mal suchen. Es würde mich nicht wundern, wenn er sich ein heiliges Relikt um den Hals gehängt hat und somit nur für die Menschen sichtbar ist.«

Vater atmete tief durch, was bedeutete, dass er die Situation neu bewertete. Offensichtlich hatte er tatsächlich geglaubt, dass ich lieber Zeit mit den neuen Dämoninnen verbrachte, als meinen Job zu machen. Klar, gutaussehende junge Damen waren mir immer willkommen, aber mehr als flirten durfte ich eh nicht. Wie gesagt, in die Folterkammer wollte ich nicht, und es gab genügend Menschenfrauen, die nichts mit meinem Vater zu tun hatten und ebenfalls anziehend waren. Ich würde bestimmt nicht für Sex bei meinem Job versagen und riskieren, dass mein Erbe an Kaito ging.

»Nun gut, offensichtlich braucht sie tatsächlich länger als erwartet. Ich will, dass du Sophie aufsuchst und alle neuen Informationen aus ihr herausholst. Koste es, was es wolle. Wage es nicht, vorher nach Hause zu kommen!« Mit diesen Worten sprang er auf und rauschte aus dem Büro.

Seufzend stand ich auf und ging in mein Apartment. Es hatte seine Vorteile, der Sohn des Teufels zu sein. Während sich die Dämonen eines gehobenen Ranges mit einem einzigen Zimmer zufriedengeben mussten, hatten meine Mutter und ich je eine eigene Wohnung mit Küche, Luxusbad und drei Zimmern zur Verfügung. Als ich die Tür hinter mir geschlossen hatte, zückte ich mein Smartphone und ein Blick auf meinen Instagram-Account verriet mir, dass Sophie sich gerade mit ihrer besten Freundin auf ihrem Abschlussball amüsierte. Zufrieden grinste ich in mich hinein. Hatte denn niemand diesem Mädchen verraten, wie naiv es war, sein gesamtes Leben in den sozialen Medien herumzuposaunen? Nun gut, umso besser für mich. Ihr einen Peilsender zu verpassen oder mich in ihr Handy zu hacken, wäre schwieriger gewesen.

Nachdem ich mich im Bad fertig gemacht und meinen besten Smoking angezogen hatte, beamte ich mich in eine verlassene Seitengasse in der Nähe der Schule. Weil schon vor über einer Stunde Einlass gewesen war, stand niemand außer mir an. Was ganz gut war, denn so konnte niemand sehen, wie ich dem Security-Typen in die Augen starrte und seine Gedanken so lange manipulierte, bis er mich auch ohne Eintrittskarte mit einem freundlichen Lächeln einließ und mir viel Spaß wünschte. Den würde ich haben!

Zügig ging ich an der Garderobe vorbei, betrat die Aula und musste grinsen. Offensichtlich war es an jeder Privatschule wichtig, Unmengen an Geld für Partyzubehör aus dem Fenster zu schmeißen. Zugegeben, es war ihnen gelungen, Eindruck zu schinden. Zwar es war nichts im Vergleich zu Vaters Partyraum, und auch die exklusivsten Clubs der Menschen waren um Meilen besser ausgestattet, aber ich hatte selbst bei angesagten Clubs schon Schlechteres erlebt. Ich hatte nicht viel Zeit, mich umzusehen, denn nach nur wenigen Sekunden kam eine ganze Horde sexy gekleideter Mädchen auf mich zu und buhlte um meine Aufmerksamkeit. Ganz der Gentleman, der ich nun einmal war, nahm ich mir für jede von ihnen Zeit für einen Tanz und gab ihnen meine Handynummer, bevor ich einem Mädchen das Bier klaute und mich an einen der Tische setzte. Auf der Tanzfläche, umgeben von den hübschesten Mädchen der Stadt, würde ich Sophie kaum finden, und so sehr ich mich auch amüsieren wollte, musste ich zuerst meinen Job erledigen. In Gedanken versunken nippte ich an dem Bier und sah mich um. Und dann entdeckte ich sie. Sophie saß mit ihrer besten Freundin an der Bar und schien sich prächtig zu unterhalten. Entschlossen stand ich auf, nahm mein Bier und schlenderte breit grinsend auf sie zu.

»Was machst du denn hier?«, fragte sie alles andere als begeistert, als ich neben ihr stand und sie provokant mit einem Kuss auf die Wange begrüßte. Sie sah echt umwerfend aus. Vielleicht würde ich mein

Glück doch mal bei ihr probieren, sobald Vater sie nicht mehr brauchte.

»Oh, ich freue mich auch, dich zu sehen«, erwiderte ich lachend und wandte mich zu ihrer Freundin, die verwirrt zwischen uns beiden hin und her sah. Scheinbar hatte Sophie nie über mich gesprochen, was ziemlich schlau war.

»Hey, ich bin Nelson, ein guter Freund von Sophie. Ich war länger nicht in der Stadt und dachte, ich schau an einem so wichtigen Tag mal vorbei. Glückwunsch übrigens zu euren Abschlüssen. Aber scheinbar habe ich wohl etwas ausgefressen, so böse, wie Sophie guckt.«

Ihre Freundin fing an zu kichern und reichte mir die Hand. »Sophe kann ziemlich grummelig sein, wenn sie will. Nimm es ihr nicht übel, es ist bestimmt nicht deinetwegen. Ich bin Elena.«

Hatte ich schon erwähnt, dass es kaum ein Mädchen gab, das meinem Charme widerstehen konnte?

»Freut mich, dich kennenzulernen, Elena. Wenigstens eine, die sich freut.«

»Ich habe nur nicht damit gerechnet, dich hier zu sehen«, brachte Sophie hinter zusammengepressten Zähnen hervor.

»Oh, das war auch eine spontane Entscheidung. Aber wenn du mir einen Tanz schenkst, werde ich dir alles erzählen«, erwiderte ich fröhlich und zog sie, ohne eine Antwort abzuwarten, auf die Tanzfläche.

»Ich habe nicht ja gesagt!«, rief Sophie entzürnt, bevor sie kurz aufschrie. Ich bin ein guter Tänzer und Hebefiguren gehören zu meinen Standards.

»Aber du willst wissen, warum ich hier bin. Das ist simpel. Sag mir einfach, was du über Jason herausgefunden hast. Was hast du bisher unternommen, und wie lief es? Sag mir, was ich wissen will, und ich verschwinde, versprochen!«

»Das habe ich ja ganz vergessen, tut mir leid!«, rief Sophie und schlug sich gegen die Stirn. »Ich habe Jason schon vor Wochen ausfindig machen können. Das war sogar ganz einfach. Er hat sich in einem ehemaligen Kirchengebäude verschanzt und ein Jugendzentrum daraus gemacht. Wahrscheinlich konnten du und dein Vater ihn deshalb nicht finden, weil er dort unter einem besonderen Schutz steht. Ich konnte mich einschleusen und werde im Juli dort ein Praktikum machen. Wenn ihr wir sagt, wie das funktionieren soll, kann ich ihn dann zu euch bringen.«

Zufrieden klatschte ich in die Hände. Na, das waren doch mal gute Nachrichten! Damit würde sich Vater sicherlich erst mal zufrieden geben und ich hätte meine Ruhe.

»Sehr schön. Gute Arbeit, Sophie. Hör zu, wir bleiben über WhatsApp in Kontakt. Ich schreibe dir, wenn Vater und ich einen Plan ausgeheckt haben. Sorg dafür, dass deine Tarnung nicht auffliegt, und informiere mich, sobald du Neuigkeiten hast. Pass auf dich auf und leg dich nicht mit irgendwelchen Neidern an, denn wenn du dich verrätst, bekommst du ganz andere Probleme.«

Ohne mich großartig zu verabschieden, verließ ich die Tanzfläche und bahnte mir meinen Weg aus der Schule zurück in die Seitengasse. Ich konnte es kaum erwarten, Vater diese guten Nachrichten zu überbringen und ihm zu zeigen, wer der perfekte Nachfolger für ihn war.

16

Sophie

Was sollte das denn? Was, zum Teufel, glaubte Nelson eigentlich, wer er war? Nur weil er Luzifers Sohn war, hatte er noch lange nicht das Recht, in mein Leben zu platzen, wann immer es ihm passte, und dann auch noch mit Drohungen um sich zu werfen! In mir brodelte es, und ich hatte Schwierigkeiten, mich wieder in den Griff zu bekommen. Kurzerhand schloss ich die Augen und fokussierte mich dabei auf meinen pulsierenden Herzschlag, bis ich es schaffte, ihn zu verlangsamen. Dafür atmete ich gleichzeitig tief ein und aus und wiederholte innerlich das Mantra *Alles ist gut, nichts kann dich aus der Ruhe bringen, solange du mit dir selbst im Reinen bist.* Nach einigen Wiederholungen hatte ich das Mantra so verinnerlicht, dass ich mich wieder gut fühlte. Mein Herzschlag hatte sich normalisiert, das Pochen in meinem Kopf hatte nachgelassen und die geballten Fäuste öffneten sich automatisch. Ja, alles war gut. Ich war auf meinem Abschlussball mit meiner besten Freundin, hatte eines der besten Outfits an und amüsierte mich prächtig.

»Alles in Ordnung, Sophe?«, hörte ich Elenas besorgte Stimme hinter mir.

»Ja, klar, ich brauchte nur einen Moment«, erwiderte ich und setzte ein strahlendes Lächeln auf.

»Sicher? Du schienst nicht besonders glücklich über das Auftauchen dieses Typen zu sein, und normalerweise bist du nett zu den meisten Menschen. Hat er dich belästigt?« Elena nahm meine Hand und zog mich auf den Schulhof. Ich wusste, was das bedeutete: Rede Klartext mit mir, vorher lasse ich dich nicht gehen. Seufzend lehnte ich mich gegen die Wand und ergab mich meinem Schicksal.

»Hör mal, Elle, es ist echt lieb, dass du dir solche Sorgen um mich machst, und ich weiß das echt zu schätzen. Aber es geht mir gut, wirklich.«

Doch meine Freundin glaubte mir nicht. Natürlich, sie kannte mich besser als jeder andere und wusste, wann ich log. Sie schüttelte den Kopf und verschränkte die Arme vor der Brust. »Das ist der Punkt, an dem wir den Bullshit überspringen und zur Wahrheit kommen. Du weißt schon, zur wahren Wahrheit. Also: Wer ist der Kerl wirklich und was wollte er von dir? Hat er etwas mit deinem neuen Kleidungsstil zu tun? Spuck's schon aus!«

Ihre Stimme war strenger als die meiner Mutter und ließ keinerlei Widerspruch zu.

»Na schön. Er ist kein Freund von mir, sondern eher ein Bekannter. Nelson hat mir die Klamotten und die neue Frisur bezahlt, und nun hat er mich daran erinnert, meinen Teil der Abmachung einzulösen. Mehr ist es nicht.«

»MEHR IST ES NICHT?!«, schrie Elle und schüttelte mich. »Mädel, der Kerl hat dich bedroht! Das darfst du dir nicht gefallen lassen! Am besten gehst du heute noch zur Polizei und -«

»Auf keinen Fall!«, rief ich dazwischen und stellte mich ihr in den Weg. »Versprich mir, dass du dich nicht weiter einmischst. Glaub mir, er wird in den Unterlagen der Polizei nicht existieren, er kommt nämlich nicht von hier und vermutlich ist Nelson nicht mal sein richtiger Name. Halt dich da einfach raus, okay? Ich habe alles im Griff!«

Elle musterte mich mit zusammengekniffenen Augen. Es schien eine Ewigkeit zu dauern, bis sie die Sprache wiedergefunden hatte, doch als es endlich so weit war, atmete ich erleichtert aus. Nichts war schlimmer, als von der Familie oder der besten Freundin angeschwiegen zu werden.

»Na schön, Sophe. Ich weiß, dass du auf dich selbst aufpassen kannst, und wenn du sagst, dass du alles im Griff hast, dann wird dem auch so sein. Aber sobald er dir Gewalt androht, wirst du ihn anzeigen. Versprochen?«

Lächelnd zog ich Elle in meine Arme. Es war rührend, dass sie sich so um mich sorgte, und auch wenn es schmerzte, sie zu belügen, hatte ich keine andere Wahl. Es war besser für sie, nicht mit dem Teufel oder dessen Sohn in Verbindung gebracht zu werden.

»Hey, Süße, ich will, dass du nachts gut schlafen kannst. Und wenn das besser klappt, indem ich dir verspreche, mich nicht in Gefahr zu begeben, dann hast du jetzt mein Wort, okay? Aber genug des Dramas, wir sind zum Feiern hier! Ich gebe dir einen Drink aus, und dann wird es allerhöchste Zeit, die Tanzfläche zu rocken!«

»Dein Ernst?« Mit leuchtenden Augen starrte sie mich an. »Du willst wirklich mit mir die Tanzfläche rocken?«

Lachend zog ich sie zurück in die Aula. »Genau das habe ich dir vorhin schon versprochen und in der Regel halte ich meine Versprechen.«

»Supi, aber gib mir dein Smartphone, ja? Ich will nicht, dass du betrunken Selfies von dir machst und diese auf Instagram postest. Das könnte deine Zukunft ruinieren!« Nachdem ich ihr mein Heiligtum ausgehändigt hatte, tanzten und tranken wir bis zum Morgengrauen und liefen anschließend Hand in Hand nach Hause. Glücklicherweise hatte Elle Nelson offenbar völlig vergessen und würde unseren Eltern, die zum Glück nicht darauf bestanden hatten mitzukommen, hoffentlich nichts davon erzählen.

17

Sophie

Seit meinem Schulabschluss waren die Tage wie im Flug vergangen. Ich hatte viel Zeit mit Elle am Strand, in Pubs und beim Shoppen verbracht und mit meinen Eltern einige Gesellschaftsspiele gezockt. Doch nun war der Spaß vorbei und die Pflicht rief, denn jetzt begann mein Praktikum bei Jason im Jugendzentrum. Obwohl ich bisher nie im Leben gearbeitet hatte und die Temperaturen schon am frühen Morgen an der 30-Grad-Celsius-Marke kratzten, freute ich mich auf den Job. Zwar hatte ich nicht wirklich vor, das berufliche Umfeld für später zu testen, aber die Behauptung, ich würde Kinder mögen, entsprach der Wahrheit. Zudem fand ich es aufregend, bei einer

Filmproduktion dabei zu sein, auch wenn sie nicht professionell war.

Voller Elan war ich aus dem Bett gesprungen und hatte mir schnell eine Schale Cornflakes in den Mund geschaufelt, bevor ich mich für den Tag fertig gemacht hatte.

Ich hatte mich für eine lachsfarbene Bluse und eine dunkelblaue Sommerhose aus dem unerschöpflichen Nelson-Fundus entschieden.

»Meinst du nicht, das ist etwas zu elegant für ein Jugendzentrum?«, fragte meine Mutter, als ich das Haus verließ.

Zwar hatte sie recht, dennoch wollte ich bei dieser Hitze kein schwarzes Bandshirt und eine meiner ausgeleierten alten Jeans tragen, sondern auch bei Jason ein bisschen Eindruck machen.

Weil es noch früh war und die meisten Schüler in den Ferien lieber ausschliefen oder mit ihren Eltern im Urlaub waren, begegnete ich kaum jemandem auf der Straße. Die Sonne strahlte mir entgegen und ich blieb einen Moment stehen. Glücklich reckte ich mein Gesicht zum Himmel und schloss die Augen, um die Wärme besser spüren zu können. Plötzlich nahm ich das Vogelgezwitscher und die laue Sommerbrise deutlich besser wahr und fühlte mich mit der Natur verbunden. Mein Herz begann freudig zu pochen und ich musste gegen den Drang ankämpfen, mich einfach ins Gras fallen zu lassen. Ich liebte den Sommer. Jeder Tag, an dem es warm war und die Sonne schien, war ein Geschenk und machte mich unheimlich glücklich.

Lächelnd öffnete ich die Augen wieder und setzte meinen Weg zum Jugendzentrum fort, um nicht zu spät zu kommen.

Jasons Assistentin Conny begrüßte mich wie eine alte Bekannte, drückte mir ein Mitarbeiterschildchen in die Hand und schickte mich in den großen Versammlungsraum in der ersten Etage, der für unser Projekt reserviert war. Auf dem Weg dorthin begegnete ich ein paar anderen Mitarbeitern, die andere Projekte leiteten. Ich stellte mich kurz vor, bevor ich Jason aufsuchte. Er war schon fleißig damit beschäftigt, die Tische an die Wände zu schieben und die Stühle so aufzustellen, dass ein großer Stuhlkreis in der Mitte des Raumes entstand. Der Raum war geschätzt fünfzig Quadratmeter groß und lichtdurchflutet. Zum Schutz vor der Sonne waren rote Rollos angebracht, die bei Bedarf heruntergefahren werden konnten. Der Fußboden war in Holzoptik gehalten, jedoch konnte ich mir nicht vorstellen, dass in einem Raum für Kinder und Jugendliche teures Parkett verlegt worden war. Neben der Tür stand ein Tisch mit Kaffee, Tee, Wasser, verschiedenen Säften sowie Snacks für zwischendurch.

»Hallo, Sophie. Schön, dass du es pünktlich geschafft hast. Komm doch rein und leg deine Tasche ab«, begrüßte Jason mich und kam lächelnd auf mich zu.

»Hallo, Jason. Ist doch klar, dass ich pünktlich bin. So wurde ich schließlich erzogen. Wie kann ich dir helfen?«

»Glaub mir, selbstverständlich ist das heutzutage nicht mehr. Letztes Jahr hatte ich einer Studentin aus London ein Praktikum ermöglicht, und die kam andauernd zu spät. Umso schöner, dass du so zuverlässig bist. Warum schnappst du dir nicht die Teilnehmerliste, bastelst die Namensschilder und verteilst sie auf dem Tisch dort?«, schlug Jason vor. Während ich tat wie geheißen, warf ich immer wieder verstohlene Blicke zu Jason. Nicht, weil er so in Gedanken versunken echt süß aussah – okay, gut, vielleicht spielte das da auch mit rein -, sondern hauptsächlich, weil seine herzliche Art mich zum Nachdenken brachte.

»Hab ich ein Huhn auf dem Kopf oder warum bin ich so interessant?«, riss Jason mich aus meinen Überlegungen. Ich brauchte keinen Spiegel, um zu sehen, dass ich knallrot geworden war.

»Ich … ähm … also …«, fing ich an zu stottern und starrte verlegen auf meine Hände. Na großartig, wirklich der beste Start, den ich mir hätte wünschen können. Klasse, Sophie! Peinlich berührt hob ich den Blick und versuchte meinen pochenden Herzschlag unter Kontrolle zu bekommen. Warum waren meine Hände plötzlich schweißnass?

Nach einem Räuspern versuchte ich es erneut. »Ich habe mich nur gefragt, warum du mir nach solch einer schlechten Erfahrung mit dieser Studentin eine Chance gibst. Ich meine, hast du keine Sorge gehabt, dass ich ebenso unzuverlässig bin?«

»Ich denke, dass jeder eine Chance verdient hat. Du kannst ja nichts für das Verhalten deiner Vorgängerin. Außerdem habe ich deine Familie gecheckt und festgestellt, dass deine Mutter tatsächlich ausgebildete Erzieherin ist und als Erziehungs-coach arbeitet. Deine Ehrlichkeit hat mich über-zeugt.« Grinsend zuckte er die Schultern und pros-tete mir mit der Kaffeetasse zu.

Entsetzt starrte ich ihn an. Hatte er das gerade ernst gemeint? Hatte Jason tatsächlich mein Leben ge-stalkt? Oder nahm er mich gerade auf den Arm?

»Was ist denn jetzt?«, fragte er lachend und sah mich provokant an. Garantiert wusste er, was ich gerade dachte. Aber ich würde ihn bestimmt nicht fragen, was er hören wollte. Ich hatte meinen Stolz.

»Wie bist du auf das Huhn gekommen?«, fragte ich stattdessen.

»Huhn? Welches Huhn denn?«, konterte er ver-schmitzt grinsend, als hätte ich einen an der Waffel.

Frustriert stand ich auf und verließ den Raum.

»Wo gehst du hin?«, hörte ich Jason hinter mir her-
rufen. Dieses Mal war er derjenige, der die Situation nicht verstand.

»In die Küche!«, erwiderte ich gespielt genervt,
konnte ihm jedoch nicht böse sein. »Ich hole mir ein
Ei.« Obwohl ich schon im Flur war, hörte ich sein
schallendes Gelächter und musste ebenfalls grinsen.

18

Jason

Erstaunt und amüsiert zugleich starrte ich Sophie hinterher, bis sie aus dem Raum verschwunden war. Ob sie wohl wusste, dass ich sie gerade auf den Arm genommen hatte? Sie war eine junge Frau in der beruflichen Orientierungsphase und keine gesuchte Kriminelle! Warum sollte ich meine Zeit mit einem persönlichen Backgroundcheck verschwenden? Wenn sie sich weiterhin so leicht täuschen ließ, würde ich in den nächsten Wochen auf jeden Fall meinen Spaß haben. Normalerweise verhielt ich mich nicht so gegenüber Mitarbeitern oder Praktikanten, aber Sophie reagierte so süß, dass die Versuchung, sie in Verlegenheit zu bringen, einfach zu groß war.

»Wann kommen die Teenies?«, ertönte Sophies fröhliche Stimme hinter mir. Als ich mich zu ihr umwandte, hielt sie mir eine Schale mit Körnern entgegen, während sie den letzten Happen eines gekochten Eis verschlang. Verwirrt sah ich sie an. »Ähm, danke? Wofür die Körner?«

»Ach, ich dachte, dass mein Huhn auch Hunger hat«, erwiderte sie gespielt unbeteiligt und grinste mich herausfordernd an. Wie, ihr Huhn?

Bevor ich etwas Schlagfertiges antworten konnte, öffnete sich die Tür und die ersten Jugendlichen kamen herein. Das würden auf jeden Fall sehr witzige Wochen werden!

Nachdem sich die Jugendlichen auf ihre Plätze gesetzt hatten, begannen wir mit einer Vorstellungsrunde. Jeder nannte seinen Vornamen und ein Tier, das mit dem gleichen Anfangsbuchstaben beginnt. Zudem erklärte jeder, was er sich von diesem Ferienangebot erhoffte.

»Okay, ihr Lieben! Heute werdet ihr darüber abstimmen, welche Art von Film ihr drehen wollt. Einen Krimi? Einen Liebesfilm? Oder doch lieber einen spannenden Science-Fiction-Film? Danach teile ich euch in Gruppen ein, in denen ihr ein Brainstorming macht. Anschließend überlegt sich jede Gruppe eine Idee, die auf dem Brainstorming basiert. Nach einer Pause stimmt ihr in der großen Gruppe ab, welche Idee ihr umsetzen wollt. Klar so weit?« Alle nickten und zählten brav eins bis drei ab, bevor sich die Einsen, Zweien und Dreien im Raum verteilten.

Verträumt beobachtete Sophie die Jugendlichen, besonders unsere Nesthäkchen. Sie wird später bestimmt mal eine gute Mutter sein. Überrascht von diesem Gedanken räusperte ich mich und gesellte mich zu ihr. »Jetzt weißt du, warum ich meinen Job so liebe! Was gibt es Schöneres, als Kinder und Jugendliche zu beobachten, die auch ohne Smartphone und Spielekonsole Spaß haben!«

Lächelnd drehte sie sich zu mir um, und ich spürte, dass mir warm ums Herz wurde. »Ja, allerdings. Aber wie bist du dazu gekommen, eine ehemalige Kirche zu übernehmen?«

Seufzend fuhr ich mir durch die Haare und schwieg einen Moment. Ich sprach nicht gern darüber. Aber ich spürte den Drang, mich jemandem zu öffnen. »Sagen wir es so: Ich hatte keine leichte

Vergangenheit. Ich wollte jemanden beschützen und habe mich deswegen mit den falschen Leuten eingelassen. Doch ich habe daraus gelernt und mein Leben verändert. Ich war zwanzig, als die Kirchengemeinde einen Nachfolger suchte, der das Jugendzentrum in Eigenregie übernahm. Als Kirche war das Gebäude schon vor mir nicht mehr genutzt worden.« Verlegen, weil das nicht die ganze Wahrheit war, wandte ich mich von Sophie ab und ging zu den Gruppen.

19

Sophie

Nachdenklich schaute ich Jason hinterher, bevor ich mich ebenfalls dazu entschloss, den Gruppen behilflich zu sein. Hauptsächlich wollte ich damit gegen mein schlechtes Gewissen ankämpfen. Offenbar hatte Jason ein gutes Herz; ihn an Luzifer auszuliefern, fühlte sich plötzlich so falsch an. Doch ich konnte mir keinen Rückzieher erlauben und mich oder meine Eltern in Gefahr bringen. Warum interessierte mich sein Schicksal überhaupt? Ich kannte ihn doch kaum! Aber ich mochte ihn. Er war nicht so wie die anderen Jungs und Männer, denen ich bisher begegnet war: Ich konnte mir nicht vorstellen, dass er sich für teure Autos, Geld oder wechselnde Freundinnen interessierte. Ihn schien nur seine soziale Arbeit am Herzen zu liegen. Oder war das alles nur Fassade und er war selbst nicht besser als ich? Immerhin hatte auch er mal einen Deal mit Nelson und Luzifer gemacht, sonst wäre ich nicht hier. Woher der Sinneswandel? Das musste ich dringend herausfinden!

»Okay, ihr Lieben! Zeit, an den großen Tisch zu kommen und eure Storylines für die Kriminalfilme vorzustellen!«, beendete Jasons Stimme meine Gedanken und die lauten Unterhaltungen der Kursteilnehmer. Die Gruppen lösten sich auf, und kurz darauf saßen wir alle wieder zusammen.

»Also, wir haben uns eine Geschichte überlegt, in der eine Clique an einem sonnigen Nachmittag zusammen am Strand abhängt und durch Zufall das Abladen einer Leiche beobachtet. Die Clique ruft die Polizei und berichtet, was sie gesehen haben, und die Beamten bitten sie, sich da rauszuhalten. Was die Freunde natürlich nicht tun. Stattdessen nehmen sie selbst Ermittlungen auf, und es stellt sich heraus, dass es um eine Drogengeschichte der italienischen Maffia geht«, fasste Leonie, ein dreizehnjähriges Mädchen mit schwarzen Haaren, den Vorschlag ihrer Gruppe zusammen.

»Vielen Dank für die Vorstellung, Leonie. Das war ein guter Start und lässt sich auch gut in einem Film umsetzen. Was hat sich denn die zweite Gruppe ausgedacht?«, fragte Jason.

»Wir haben an einen Mord aus Leidenschaft gedacht«, erzählte eine Vierzehnjährige verträumt. »Hier ist die Frau die Mörderin, wir finden es nämlich nicht toll, dass es immer die Männer sind, die als Täter dargestellt werden, während Frauen meistens die Opferrolle einnehmen. Bei uns ist es so, dass eine Frau herausfindet, dass ihr Ehemann sie nicht nur betrügt, sondern überhaupt jahrelang belogen hat. Sie hatte ihm geglaubt, dass er tatsächlich in einer großen Elektrofirma arbeitet. Doch dann erfährt sie durch Zufall, dass er in Wirklichkeit ein Bordell besitzt, und wird wütend. Sie will ihn zur Rede stellen, doch er tut so, als sei es nicht schlimm. Sie ist verletzt und heuert einen Auftragsmörder an, der alles so aussehen lässt, als hätte es unter ihm und einem anderen Zuhälter einen Streit gegeben. Nur durch die Aussage einer Zeugin, die den Streit zwischen dem Opfer und seiner Frau beobachtet hat, kommt die Polizei der Wahrheit auf die Spur.« Zufrieden blickte das Mädchen in die

Runde und genoss den Applaus, den sie und ihre Gruppe für die Idee bekamen.

Ich sah den Teilnehmern an, dass ihnen die Bestätigung, die sie in diesem Kurs bekamen, richtig gut tat, und ihre Kreativität beeindruckte mich. Es gefiel mir, dass sie mit so viel Freude bei dem Projekt dabei waren und keiner von ihnen zum Handy griff. Nun verstand ich, was Jason meinte.

»Danke schön, auch diese Idee klingt großartig. Fehlt noch die letzte Gruppe«, erwiderte Jason und schenkte auch diesem Mädchen ein ehrliches Lächeln.

Nun stand ein fünfzehnjähriger Junge auf und schaute deutlich selbstbewusster als seine Vorgängerinnen in die Runde. »Bei uns handelt es sich um eine Tat aus reiner Gier. Das Opfer ist ein

Jugendlicher, dessen Eltern nicht viel Geld haben und der deswegen in der Schule gemobbt wird. Um sich endlich ebenfalls teure Elektrosachen kaufen zu können, lässt er sich auf eine kriminelle Gruppe ein. Der Anführer gibt dem Opfer den Auftrag, nachts in ein Geschäft einzusteigen und gewisse Sachen zu klauen. Eine Nacht später soll er das Diebesgut abgeben und bekommt dafür dreitausend Pfund bar auf die Hand. Der Junge lässt sich auf den Deal ein und der Einbruch läuft ganz gut. Doch kaum ist er um die Ecke verschwunden, wird er von einem Mitglied der Gruppe überfallen, ermordet und ausgeraubt. Die Polizei geht sofort von Raubmord aus, schafft es aber nie, die Täter zu fassen.«

Nachdem alle drei Ideen vorgestellt worden waren, war die Stimmung aufgeheizt, denn nun sollte entschieden werden, welche Idee umgesetzt werden würde. Jeder wusste, es bedeutete zugleich, dass eine Gruppe besser war als die anderen, auch wenn Jason mit aller Macht versuchte, den Jugendlichen dieses Denken auszureden. Alle Augen waren auf Jason und mich gerichtet, denn jeder Teilnehmer wartete darauf, dass die Abstimmung begann. Zu meiner Überraschung bedeutete Jason mir, die Aufgabe zu übernehmen.

»Okay, gut«, begann ich und räusperte mich verlegen. »Ihr habt alle super Ideen vorgebracht und, wie Jason schon sagte, es ist kein Wettbewerb, sondern ein Gemeinschaftsprojekt. Seid also bitte so fair und stimmt für die Idee, die ihr tatsächlich am besten findet und nicht aus Stolz heraus für eure eigene Gruppe. Also, wer ist für die erste Idee?«

Es gab drei Abstimmungsrunden, die meisten Stimmen bekam tatsächlich der erste Vorschlag. Das begründeten die meisten Teilnehmer damit, dass es genau die Art von Kriminalgeschichte sei, die die meisten aus Büchern und Filmen kannten und sich deswegen am besten vorstellen konnten. Die zweite Idee bekam am wenigsten Stimmen. Die dritte lag knapp hinter dem Favoriten.

Nachdem sich die erste Gruppe ausführlich abgeklatscht hatte, wurden die Rollen und die Aufgaben verteilt, bevor Jason alle Teilnehmer für heute nach Hause schickte. Natürlich blieb ich noch zum Aufräumen.

»Und, wie hat dir der erste Tag gefallen, Eiermädchen?«

Lässig drehte ich mich um und zog meine linke Augenbraue hoch. »Lieber ein Eiermädchen als ein Huhn, meinst du nicht? Immerhin legt das Huhn die Eier, die das Mädchen nur noch einsammeln muss, somit bleibt die ganze Arbeit am Huhn hängen.«

»Punkt für dich!«, rief er und schnappte sich ein paar schmutzige Tassen. »Hilfst du mir trotzdem beim Abwasch oder muss ich das alleine machen?«

»Klar helfe ich dir. Jedes Huhn braucht eine Anleitung«, erwiderte ich und rannte mit vier Tassen Richtung Küche.

»Na warte, das lasse ich nicht auf mir sitzen«, hörte ich ihn hinter mir rufen und erhöhte mein Tempo. Doch ich war nicht schnell genug, oder es gab eine Abkürzung, denn irgendwie hatte Jason es geschafft, vor mir an der Spüle zu stehen. Noch ehe ich die Situation realisieren konnte, hatte ich eine Portion Schaum im Gesicht. Schnaufend stellte ich mein Geschirr ab und begab mich ebenfalls zur Spüle.

»Man greift keine unschuldige Frau an«, drohte ich spielerisch und lud eine Portion Wasser in sein Gesicht.

»Das mag stimmen«, feixte er, »aber freche Mädchen schon«.

Ehe ich michs versah, tobte eine erbitterte Wasserschlacht zwischen uns, und innerhalb weniger Minuten sah die Küche aus, als hätte eine Bombe eingeschlagen. Lachend beendete Jason das Chaos und sah sich um.

»Du hast aufgegeben, und das heißt, ich habe gewonnen!«, jubelte ich.

»Das glaube ich kaum, Sophie. Niemand besiegt mich. Ich bin unbesiegbar.«

Lachend wuschelte er durch meine klitschnassen Haare, was mir ein Knurren entlockte. Ich HASSTE es, wenn jemand das tat.

»Ach was, also doch kein Eiermädchen, sondern eine kleine Raubkatze, was?« Herausfordernd sah er mich an und seine Augen leuchteten amüsiert.

»Ich bin keine Raubkatze«, erwiderte ich und schürzte meine Lippen. Dazu machte ich große Kulleraugen und hielt seinem Blick eisern stand. Normalerweise wirkte das, doch Jason war genauso stur wie ich. Bis sein Blick über meinen tropfenden Körper wanderte und besorgt wurde.

»Du solltest jetzt besser nach Hause gehen und dich umziehen. Ich würde ungerne auf deine Hilfe in den nächsten Wochen verzichten und die Kids auch nicht.«

Eigentlich wollte ich etwas erwidern, nachgeben war nicht meine Stärke. Doch ich fing tatsächlich an zu frieren und krank zu werden war das Letzte, das ich gebrauchen konnte, also folgte ich seinem Rat.

20

Sophie

Als ich am nächsten Tag pünktlich um halb neun eintraf, war Jason, wie zu erwarten, schon bei der Arbeit. Er war so vertieft, dass er gar nicht bemerkte, wie ich den Raum betrat. Schmunzelnd schlich ich mich an ihn heran und tippte ihm auf die Schulter.

»Herrgott noch mal, Sophie!«, rief er aus und fasste sich theatralisch ans Herz. »Du hättest mich fast zu Tode erschreckt!«

»Genau das war mein Ziel«, erwiderte ich lachend und stellte meine Tasche ab.

»Was, mich zu töten? Wie nett!«

»Nein, du Dulli, die Kids brauchen dich doch noch, und ich will nicht diejenige sein, die ihre Ferien ruiniert. Ich wollte dich nur ein bisschen erschrecken, und das ist mir gelungen. Was kann ich machen?« Fragend schaute ich mich um, doch scheinbar hatte Jason schon alles vorbereitet.

»Deine Sorge um mich weiß ich wirklich zu schätzen«, konterte Jason grinsend.

Er sah echt süß aus, wenn er sich durch die Haare fuhr. Verdammt, was dachte ich denn da? Ich war hier, um meinen Auftrag zu erledigen und nicht, um mir den Kopf verdrehen zu lassen.

»Ich hatte nicht damit gerechnet, dass du heute auch so früh kommst, das war eigentlich nur für gestern gedacht. Deshalb ist schon alles erledigt.

Magst du Rommé? Wenn du willst, können wir eine Runde spielen, bis die Teilnehmer da sind.«

Gesagt, getan, schließlich liebte ich dieses Spiel, und alles war besser, als faul rumzusitzen und nichts zu tun. Wir amüsierten uns gut und unterhielten uns. Unter anderem berichtete Jason, dass er vom Staat, der Kirche und einigen Privatpersonen mit Spenden unterstützt wurde. Nur so war es möglich, Kindern und Jugendlichen aus sozial schwachen Verhältnissen kostenlose Ferienaktivitäten anbieten zu können; von den Einnahmen zahlender Familien bestritt er seinen Lebensunterhalt. Außerdem erzählte er mir, dass er in seiner Freizeit gerne draußen war, meistens zum Sporttreiben oder Spazierengehen, aber auch zum Lesen. Wir stellten fest, dass wir beide gerne Krimis und Fantasyromane lasen, und tauschten unsere besten

Lesetipps aus. Leider kamen wir nicht dazu, die Partie zu Ende zu spielen, weil die Jugendlichen eintrafen. Mit einem entschuldigenden Lächeln räumte Jason die Karten weg, und wir setzten uns an die Tischgruppe.

»Okay, ihr Lieben. Wir haben gestern eine Storyline ausgewählt und die Rollen verteilt. Diese und nächste Woche drehen wir die Szenen, in der dritten Woche schneiden und bearbeiten wir den Film, sodass jeder von euch in der vierten Woche eine eigene DVD bekommt. Und natürlich schauen wir uns den Film einmal zusammen an, analysieren ihn und sprechen darüber. Am letzten Tag gebt ihr mir bitte ein Feedback, damit ich in den nächsten Sommerferien wieder den Kurs anbieten kann und dann Fehler, die vielleicht dieses Mal passiert sind, vermeiden kann. Heute gehen wir runter zum

Strand und drehen dort alle Szenen, die dort spielen. Auch die, die erst später im Film vorkommen, da es zeitsparend ist und wir beim Filmschnitt die Szenen in die richtige Reihenfolge bringen können. Nehmt am besten nur etwas zu trinken mit, alles andere könnt ihr hier lassen.«

Die Jugendlichen konnten es kaum erwarten, an den Strand zu kommen. Immerhin war es für alle das erste Mal, dass sie einen eigenen Film drehten, und nach der ganzen Theorie vom Vortag lockte jetzt die Praxis. Die Sonne strahlte uns von einem wolkenlosen Himmel entgegen. Hier und dort hörte man glückliche Kinderstimmen und das Geschimpfe genervter Eltern. Möwen flogen dicht über unsere Köpfe hinweg und ließen einige Mädchen erschreckt aufkreischen.

Nachdem wir einen ruhigen Spot gefunden hatten, holte Jason die Kamera heraus, um die erste Szene zu drehen. Die Darsteller verlangten nach einem Skript, doch Jason ermutigte sie, aus dem Bauch heraus zu improvisieren.

Entspannt lehnte ich mich zurück und verfolgte das Geschehen. Obwohl ich keine konkrete Aufgabe hatte, außer hin und wieder meine Beobachtungen mit der Gruppe zu teilen sowie ein paar Tipps beizusteuern, genoss ich es, hier zu sein. Wer konnte sich schon so glücklich schätzen, ein Praktikum zur beruflichen Orientierung an einem wunderschönen Strand zu absolvieren? Die Aussicht gefiel mir noch besser, als es Jason zu warm wurde und er sein T-Shirt gegen ein Muscle-Shirt tauschte. Ich hatte im richtigen Augenblick von der Szene weggeschaut und einen kleinen Blick auf seine muskulöse Brust erhaschen können. Ein Kreuzanhänger an einer dünnen Goldkette, den ich noch gar nicht an ihm bemerkt hatte, glitzerte in der Sonne und ließ seinen durchtrainierten Körper noch männlicher wirken. Was für ein Unterschied zu den Jungs an meiner ehemaligen Schule! In dem Moment blickte er auf und schaute mir direkt in die Augen. Konnte er Gedanken lesen oder warum grinste er so blöd? Hatte Jason nichts Besseres zu tun, als mich andauernd in Verlegenheit zu bringen? Ich spürte, wie mein Gesicht zu brennen begann, und wusste, dass es nicht von der Sonne kam. Mein Puls raste und mir wurde heiß und kalt. Schnell schnappte ich mir meine Wasserflasche und nahm einen großzügigen Schluck daraus, als mein Handy piepste. Erleichtert über die Ablenkung, schaute ich auf das Display und erstarrte.

Ich muss sofort mit dir sprechen. Komm schnell zum War Memorial und komm alleine! Es ist wichtig! Nelson.

Seufzend stand ich auf und gab Jason Bescheid, dass ich kurz nach Hause müsse, bevor ich mich über einen Umweg zum Treffpunkt begab und versuchte, meinen Kopf frei zu bekommen. Ich traute Nelson alles zu, und falls er in der Lage war, in meinen Kopf zu schauen, sollte er bloß nicht sehen, wie ich über Jason dachte und was er bei mir auslöste. Wenn es mir nicht gelang, dem einen Riegel vorzuschieben, würde es mit dem Ausliefern schwierig werden. Ich war zu nah am Ziel dran, meinen Part des Deals zu erfüllen, und hing zu sehr an meinem

Leben, als dass ich das alles für irgendeinen Kerl - einen zugegebenermaßen süßen, herzlichen und überaus gutaussehenden Kerl - opfern konnte.

»Du hast dich beeilt«, sagte Nelson, der wie aus dem Nichts vor mir stand. »Clevere Entscheidung, mich nicht warten zu lassen. Ich habe dich vor Wochen ermahnt, mich auf dem Laufenden zu halten und mir sämtliche Informationen zukommen zu lassen. Mein Vater wird langsam ungeduldig, und glaube mir, was passiert, wenn ihm der Kragen platzt, willst du nicht erleben. Und ich möchte auch endlich einen Haken dran machen. Also: Wann kannst du ihn mir ausliefern?«

Bei dieser direkten Frage musste ich schlucken. Verdammt, mir lief die Zeit davon und ich hatte mir noch keinen Plan zurechtgelegt. »Hör mal, ich habe dir gesagt, dass mein Job bei Jason erst gestern begonnen hat. Und falls du mich tatsächlich in dem Maße beobachtest, wie du behauptet hast, dann würdest du wissen, dass ich mein Bestes gebe, um sein Vertrauen zu gewinnen und an ihn heranzukommen. Aber logischerweise braucht das Zeit! Kein Mensch vertraut einer fremden Person vom ersten Augenblick an so sehr, dass er sich leichtfertig in eine Falle locken lässt. Besonders Jason nicht, der sicher weiß, dass ihr auf der Suche nach ihm seid. Sonst hätte er sich wohl kaum vor euch versteckt! Zumal er im wortwörtlichen Sinn unter Gottes Schutz steht. Wie wir ihn da herauslocken können, weiß ich auch noch nicht. Mann, ich bin keiner eurer Dämonen, sondern ein Mensch. Gib mir noch zwei Wochen, bis dahin habe ich einen Plan und garantiert hilfreiche Informationen über ihn.

Versprochen!« Ich brauchte keinen Voice Recorder, um zu wissen, dass meine Stimme zitterte und, sehr zu meinem Ärger, flehentlich klang. Ich gab ja mein Bestes, aber scheinbar war das nicht genug. Was, wenn ich scheitern würde? Wären dann auch Elle und meine Eltern in Gefahr oder drohten die Qualen der Hölle nur mir?

»Na schön, ich nehme dich beim Wort, Sophie Thomas. Wir treffen uns in genau vierzehn Tagen erneut, und dann will ich einen detaillierten Plan und viele Informationen. Ansonsten platzt unser Deal!« Mit diesen Worten verschwand er ebenso plötzlich, wie er aufgetaucht war, und ließ mich mit einer kalten Leere im Herzen zurück.

21

Jason

Es war wärmer als erwartet. Obwohl wir gerade einmal halb zwölf hatten, prallte die Sonne erbarmungslos auf den Strand herab und ließ mich in meinem Shirt kochen. Da die Jugendlichen eine kurze Trinkpause brauchten, drehte ich mich von ihnen weg, um mein Shirt gegen ein Muscle-Shirt zu tauschen.

Um meinen Hals trug ich wie immer mein Schutz-kreuz, das ich auch beim Duschen, Schlafen oder beim Schwimmen im Meer nie abnahm. Nur so war ich unangreifbar für Luzifer, dessen Frau und Nelson. Sie konnten mich, sobald ich meine Wohnung über dem Jugendzentrum oder das Jugendzentrum selbst verließ, konnten sie mich weder sehen noch mir etwas anhaben. Sonst wäre ich längst nicht mehr am Leben.

Plötzlich spürte ich, dass mich jemand beobachtete, und hob meinen Blick. Sophie starrte auf meinen nackten Oberkörper, und ihr schien zu gefallen, was sie sah. Amüsiert schaute ich ihr direkt in die Augen und hob meine linke Braue, woraufhin sie rot anlief wie eine Tomate und verzweifelt nach ihrer Wasserflasche griff. Herrlich, wie schnell sie sich in Verlegenheit bringen ließ! Ich war es ja gewohnt, dass mein sportlicher Körper bei einem bestimmten Typ Mädels gut ankam, und es versüßte mir den einen oder anderen Sommer. Normalerweise wollten sie nur einen Flirt, vielleicht auch eine Nacht mit mir, aber ebenso wie ich kam es ihnen es nur auf eine sommerliche Ablenkung an. Bei Sophie war es anders. Ihr ging es nicht um einen Flirt oder gar Sex. Sie interessierte sich auch für meine Arbeit. Und für die Jugendlichen, die mir am Herzen lagen. Eine neue Erfahrung für mich, die ich so noch nie erlebt hatte: Ihr Interesse an mir ging tiefer. Weshalb dem so war, konnte ich jedoch nicht sagen. Aber es würde sicherlich spannend, herauszufinden, was ihr an mir lag.

Mittlerweile hatte Sophie ihr Gesicht komplett von mir abgewendet, als könnte sie ihr Starren damit ungeschehen machen. Erstaunlich, dass sie sehr selbstbewusst auf Instagram posten und teils heftige Konter auf gewisse Kommentare abgeben konnte, aber knallrot wurde, wenn ihr im echten Leben ein Mann mit freiem Oberkörper gegenüberstand. Wie passte das zusammen? Schmunzelnd zog ich mein Muscle-Shirt an und wandte mich wieder an die Truppe.

»Okay, Leute, genug getrunken. Versuchen wir die Szene noch einmal, danach könnt ihr euch etwas länger ausruhen.«

Zum Glück waren die Jugendlichen recht fit, und schnell hatten alle wieder ihre Position eingenommen.

Da kam Sophie auf mich zu, um mir mitzuteilen, dass sie kurz nach Hause müsse, aber gleich wieder da sei, weil sie ganz in der Nähe wohne. »Alles klar«, sagte ich nur und wandte mich gleich wieder dem Dreh zu.

Die Szene wurde perfekt, und alle jubelten, als ich ihnen das mitteilte und sie in die Lunchpause schickte.

»Wo ist Sophie?«, rief Leonie plötzlich und sah sich verwundert um. Ich folgte ihrem Blick und stellte fest, dass Sophie noch immer nicht wiedergekommen war. Seltsam, wollte sie nicht nur kurz nach Hause?

»Hey, haltet bitte mal kurz inne und hört mir zu. Conny wird gleich mit dem Auto runterkommen und euch eure Lunchpakete bringen. Wenn Sophie dann noch immer nicht da ist, versuche ich, sie zu finden. Vielleicht hat ihr die Sonne etwas zugesetzt, es ist bestimmt nichts Schlimmes«, wollte ich die Kids ebenso wie mich selbst beruhigen. Sophie war zwar volljährig, aber solange sie ihr Praktikum in meinem Jugendzentrum machte, war ich für sie verantwortlich. Außerdem hatte ich sie als äußerst zuverlässig und ehrlich kennengelernt und ihr unerwartetes Wegbleiben passte nicht in das Bild, das ich mir bisher von ihr gemacht hatte.

Als Conny mit dem Lunch eingetroffen war, ließ ich die Kids unter ihrer Aufsicht und konnte mich um Sophie kümmern.

Glücklicherweise hatte ich Sophies Mobilnummer gespeichert. Ich aktivierte eine App zur GPS-Erkennung und stellte erleichtert fest, dass ihr Handy eingeschaltet war und sie, vielleicht unbemerkt, die GPS-Funktion nutzte. Ich betete innerlich, dass sie ihr Smartphone auch bei sich trug, und folgte dem Signal bis zum War Memorial. Entsetzt beobachtete ich, dass sie sich mit Nelson unterhielt, und versteckte mich. Ich verstand zwar nicht, was sie besprachen, doch ihre Körperhaltung verriet, dass

er sie sehr einschüchterte. Als Nelson verschwunden war, kauerte sich Sophie auf den Boden und
schlang die Arme um sich.

22

Sophie

Verängstigt ließ ich mich auf den Boden sinken und schlang die Arme um mich. Mir war plötzlich eiskalt, als wäre ich in der Arktis gelandet. Mein Kopf hämmerte, als wollte er zerspringen, und eine innere Leere tat sich auf. Was, wenn ich versagte und er meine Eltern erpressen, töten oder gar foltern würde? Doch was wäre, wenn ich Jason auslieferte? Was würde dann mit den Kindern und Jugendlichen passieren, die ihn so dringend brauchten? Wer würde sie auffangen und davor bewahren, vom Weg abzukommen? Ich zitterte am ganzen Körper. Verzweifelt schloss ich meine Augen und atmete tief ein und aus, aber es gelang mir nicht, mich zu beruhigen.

»Sophie? Was machst du hier? Alles in Ordnung?«, schreckte mich Jasons besorgte Stimme auf. Schnell wischte ich mir die Tränen aus dem Gesicht. Na toll, musste ausgerechnet er jetzt auftauchen, während ich mit dem Gedanken spielte, ihn zu verraten und an den Teufel auszuliefern?

»M-mir g-geht es g-gut«, schniefte ich unglaubwürdig und versuchte vergebens, abweisend zu sein.

»Nein, dir geht es nicht gut, sonst würdest du dich nicht heulend vor der Welt verkriechen. Also, was ist?« Ungefragt ließ er sich neben mich nieder und bot mir ein Taschentuch an.

»Nichts!«, erwiderte ich trotzig, nachdem ich meine Nase geputzt hatte.

»Nichts!« Schnaubend hob er mein Kinn an und zwang mich, ihn anzusehen. »Wenn man von Nelson, dem Sohn des Teufels höchstpersönlich, bedroht wird, ist das nicht nichts! Was wollte er von dir?«

»Was geht dich das an?«, fragte ich schärfer als beabsichtigt. Verdammter Mist, dass er jetzt von meiner Bekanntschaft mit Nelson wusste.

»Ich habe gesehen, wie ihr euch unterhalten habt. Ich habe zwar kein Wort verstanden, aber ich kenne ihn. Was hat er dir angeboten? Geld? Macht? Wie kann man nur so dumm sein, sich auf ihn einzulassen?«

Wütend sprang ich auf und verschränkte die Arme vor der Brust. Immerhin hatte er es geschafft, mir meine Angst zu nehmen. Doch es stand ihm nicht zu, sich so aufzuführen, erst recht nicht, weil er selbst ja offenbar auch nicht schlauer gewesen war als ich.

»Was fällt dir eigentlich ein, mir nachzuspüren?! Dazu hattest du kein Recht! Das ist unter aller Sau! Überhaupt, was glaubst du, wer du bist? Wo du doch selber mit Nelson gemeinsame Sache gemacht und dann kalte Füße bekommen hast? Ja, richtig gehört, ich weiß Bescheid! Dachtest du echt, du könntest dich vor ihm und seinem Vater verstecken und deine Haut retten? Wer von uns ist hier dumm?«, schrie ich aufgebracht.

»Bitte was?«, flüsterte Jason, erhob sich aus der Hocke und ging wie hypnotisiert ein paar Schritte zurück. Das war mir sehr recht, ich wollte ihn nicht so nah bei mir haben. Sein Blick wechselte von besorgt zu wütend und nahm schließlich einen verletzten Ausdruck an. Ich wollte ihm nicht weh tun. Aber seine – zugegebenermaßen berechtigten Vorwürfe –

hatten mich ebenfalls verletzt.

»Dir lag überhaupt nichts an der Arbeit mit Kindern und Jugendlichen, oder?«, spie er wütend aus und trat gegen das unschuldige War Memorial, nur um kurz darauf ein schmerzverzerrtes Gesicht zu machen. Der Schmerz schien ihn jedoch nicht lange zu beeindrucken und er wandte sich wieder mir zu. »Verdammt, du wurdest auf mich angesetzt! Du solltest dir mein Vertrauen erschleichen und mich dann ausliefern, nicht wahr? Was hast du als Gegenleistung dafür bekommen? Garantiert nur irgendwelches wertloses Zeug. Ein Smartphone? Ein paar teure Klamotten? Mal davon abgesehen, in welche Gefahr du meine Kids bringst. Oder glaubst du allen Ernstes, dass Nelson sie nicht benutzen wird, wenn du versagst? Wie konntest du nur?« Angewidert starrte er mich an, als wolle er mich am liebsten erwürgen. Doch er kannte mich nicht. Er wusste nicht, warum ich es getan hatte.

»Du täuschst dich! Das sind nicht einfach irgendwelche Klamotten«, rief ich trat voller Zorn einen Schritt auf ihn zu. »Diese Kleidung und all die positive Anerkennung, die ich damit bekam, haben mein Leben gerettet, du Idiot! Du hast doch keine Ahnung, wie es ist, jeden Tag gemobbt zu werden. Wie es ist, jeden Tag ein weiteres Stück deiner Seele und deines Selbstwertgefühls zu verlieren und dich Tag für Tag mehr zu hassen. Dieses Gefühl, wertlos zu sein. Zu denken, dass dich, außer deinen Eltern und deiner besten Freundin, niemals irgendwer akzeptieren wird. Du weißt nicht, was es mit einem macht, wenn der verzweifelte Wunsch aufkommt, seine erbärmliche Existenz zu beenden. Oder hast du kurz vor deinem Deal mit Nelson recherchiert, wie man diesem Horror am besten ein Ende setzen kann? Dieser Deal hat mein Leben gerettet, also wag es nie wieder, mich zu verurteilen, Jason, oder ich schwöre dir, dass du es bereuen wirst!«

Nach meinem Ausbruch fühlte ich mich ausgelaugt und müde, also hockte ich mich erneut auf den Boden und brach wieder in Tränen aus. Obwohl ich es nie geplant hatte, die schlimmen Gedanken und quälenden Gefühle, die ich Ewigkeiten in mich hineingefressen hatte, irgendwem anzuvertrauen, selbst Elle oder meinen Eltern nicht, tat es unheimlich gut, es endlich einmal ausgesprochen zu haben. Es war wie eine Last, die von meinen Schultern fiel.

Vielleicht war ich vor Erschöpfung kurz eingeschlafen. Als ich meine Augen aufschlug, war ich verwirrt. Ich dachte, Jason hätte auf der Stelle das Weite gesucht, doch stattdessen hatte er sich mir gegenüber hingesetzt und schaute mich mit einer beängstigenden Ruhe an. »Besser?«, fragte er, als hätte ich mich mit einem Küchenmesser geschnitten und die Wunde nun mit einem Pflaster überdeckt.

»Ja«, erwiderte ich tonlos. All meine Wut hatte ich soeben herausgeschrien und nun fühlte ich nichts außer unendlicher Müdigkeit.

»Sehr gut. Zum Glück ist hier gerade niemand, sonst wäre es bestimmt unangenehm geworden. Und meine Ohren haben auch genug. Tut mir leid, dass ich so abwertend über deine Kleidung gesprochen habe. Ich wusste nicht, dass es für manche Leute eine tiefere Bedeutung hat, Markenkleidung zu tragen, als nur lauthals damit anzugeben. Aber ich reagiere nun mal allergisch darauf, wenn jemand mich an den Teufel verkaufen will.«

Wie konnte er nur so ruhig bleiben? Ich weiß nicht, wie ich reagiert hätte, wenn mich jemand für ein paar Klamotten verkaufen wollte und als Antwort auf meine Wut mit einem Nervenzusammenbruch reagiert hätte.

»Sorry«, murmelte ich und spürte, wie ich rot wurde. Ich schämte mich dafür, ihm mein Innerstes anvertraut, oder wohl eher entgegengeschrien, zu haben. Noch mehr aber schämte ich mich, wozu ich bereit war, indem mir sein Schicksal und das der Kids gleichgültig war. »Und warum hast du dich auf Nelson eingelassen?«, fragte ich. Nun lag es an ihm, einen kurzen Moment die Augen zu schließen und tief zu seufzen.

»Ist wohl nur fair, dir meine Geschichte zu erzählen, nachdem auch du ehrlich zu mir warst. Also gut. Ich habe eine kleine Schwester. Mittlerweile geht es ihr ganz gut und sie kommt nach dem Sommer in die zehnte Klasse. Doch das war nicht immer so. Als sie fünf war, erkrankte sie an Blutkrebs. Und egal, was die Ärzte versuchten, sie konnten ihr nicht helfen: Sie war dem Tode geweiht. Wochenlang habe ich Tag und Nacht für sie gebetet, doch es war vergebens. Ich war fünfzehn und hatte panische Angst davor, sie zu verlieren. Dann tauchte plötzlich Nelson auf und schlug mir einen Deal vor, den ich nicht ablehnen konnte. Er würde meine Schwester wieder gesund machen, wenn ich einen jungen Mann namens Tommy für ihn aufspüren würde. Es sei dringend, denn Tommy habe ihn verarscht und ich müsste nicht mehr tun, als ihn zu Nelson zu bringen. Gutes Angebot, nicht wahr?« Jason lachte freudlos auf und fuhr sich durch die Haare. »Genau das dachte ich auch, also ließ ich mich darauf ein. Was war schon dabei, einen Verräter auszuliefern, wenn meine Schwester dafür ein gesundes und glückliches Leben führen konnte? Als ich Tommy aufspürte, musste ich die brutale Wahrheit erfahren: Nelson ist und bleibt ein Betrüger. Klar, er hält sein Versprechen insofern, als er seinen Teil des Deals bedingungslos erfüllt und dir nicht wieder wegnimmt. Doch ansonsten läuft es immer gleich ab. Nelson sucht sich, auf Befehl seines Vaters, immer verzweifelte Leute, die denken, von Gott im Stich gelassen worden zu sein. Dann muss man jemanden, der den Deal gebrochen hat, ausliefern und lebt fortan angeblich glücklich und zufrieden mit der Erfüllung seines Herzenswunschs. Aber so einfach ist das nicht, denn nach der Auslieferung erfolgt ein Ritual, bei dem man die gesuchte Person vor den Augen Luzifers töten muss. Die Seele des Opfers ist dann für immer in der Hölle gefangen und zur ewigen Sklaverei verdammt. Ich wollte es nicht glauben und suchte Zuflucht in der nächstgelegenen Kirche. Dort erschien mir Gott und er bestätigte mir, was ich schon wusste. Ich flehte ihn an, mir zu verzeihen, und wollte wissen, warum er meiner

Schwester solche Qualen antat. Gott erklärte mir, dass er einen Plan hatte, um Luzifer zu besiegen, und ich alles kaputtgemacht hatte. Worum es dabei ging, erklärte er mir jedoch nicht. Da meine Schwester nun nicht mehr für den Plan nützlich war, durfte sie geheilt und vor Luzifer geschützt weiterleben. Auch ich stehe seitdem unter Gottes Schutz. Sehr zum Ärger von Nelson und Luzifer. Als Gegenleistung musste ich von nun an mein Leben dem Wohl meiner Mitmenschen, nicht der Kirche widmen. Also fing ich mit Kleinigkeiten an, ging für Rentner einkaufen und kümmerte mich um deren Gärten. Ich gab verarmten Kindern in der Nachbarschaft kostenlos Nachhilfe in den Fächern, in denen ich gut war, und sparte mein gesamtes Geld. Vor fünf Jahren dann kaufte ich das alte Kirchengebäude, das noch immer ein Haus Gottes ist, und übernahm das Jugendzentrum.«

Schockiert starrte ich Jason an, als hätte er gerade behauptet, ein Außerirdischer zu sein. Ich wusste, dass es ihm schwerfiel, darüber zu reden, doch die Fragen brannten mir unter den Fingernägeln. »Das - das ist ja schrecklich!«, rief ich entsetzt und nahm unbewusst seine Hand. »Es tut mir leid, dass du das alles durchmachen musstet und dass ich so idiotisch war, auf den Deal einzugehen. Ich werde dich nicht ausliefern, versprochen. Aber andere werden es bestimmt trotzdem tun, sonst hätten Nelson und sein Vater nicht so viel Erfolg mit dieser Masche. Was passiert mit denen, die den Deal bis zum Schluss einhalten und ihre Opfer bei dem Ritual töten? Die sind doch dann frei, oder etwa nicht?«

Jason lachte bitter auf und sah mich wie ein verprügelter Pudel an. »Das ist ja der Trick daran. Nach dem Mord lässt dich Luzifer tatsächlich gehen, denn deine Aufgabe ist erledigt. Doch, wie jeder Mensch, stirbst auch du irgendwann. Und Mord ist eine Todsünde. Egal, wie sehr du den Mord bereust, wie viel du betest: Gott wird dir diese schwere Sünde nicht vergeben. Bei kleineren Vergehen kommst du ins Fegefeuer. Doch für Mord schickt er dich in die Hölle und damit zurück in Luzifers Arme. Und dann kann Luzifer mit dir machen, was er will. Genau das also, was mit dir passiert, wenn du die Auslieferung und den Mord verweigerst und er dich erwischt. Deswegen heißt dieser Trick auch der Teufelsfluch: Es ist der Deal, durch den Luzifer dein Leben verflucht und auf alle Ewigkeit kontrolliert.«

Ich schluckte. Auf was hatte ich mich da nur eingelassen? Warum hatte ich nicht wie jeder normale
Mensch meinen Mut zusammengenommen und
mir Hilfe bei einer Beratungsstelle gesucht? Aber es
musste doch irgendein Schlupfloch geben! So
konnte und durfte mein Leben nicht enden, falls ich
es nicht schaffen sollte, mich bis ans Ende meiner
Tage vor Nelson und Luzifer zu verstecken.

» »Stimmt das wirklich alles? Ich kann es noch immer nicht glauben«, fragte ich mit dem letzten bisschen Hoffnung, das mir noch geblieben war.

»Dann komm mit zu mir nach Hause und ich be-
weise es dir«, sagte Jason und reichte mir die Hand.

»Und was ist mit den Kids? Hast du mal auf die
Uhr geschaut? Die warten doch längst auf uns!«

»Entspann dich, Sophie, ich habe mich schon darum gekümmert. Nach deinem kleinen Ausraster warst du kurz eingenickt, und da habe ich Conny eine SMS geschickt und sie gebeten, die Kursteilnehmer für heute nach Hause zu schicken. Wir haben den Rest des Nachmittags also für uns.«

23

Sophie

Auf dem Weg zum Jugendzentrum hingen wir beide schweigend unseren Gedanken nach. Noch immer hatte ich mit dem zu kämpfen, was Jason mir erzählt hatte, und ich wusste, dass mein Wutausbruch ihn ebenfalls sehr beschäftigte. Nun, da ich seine Geschichte kannte, fühlte ich mich schlechter denn je. Er war bereit gewesen, mit gerade mal fünfzehn Jahren sein Leben für seine totkranke Schwester zu opfern, und wenn ich es auf den Punkt brachte, wollte ich ihn bloß für mehr Anerkennung auf Instagram an Luzifer verraten! Bei dem Gedanken tat sich in mir eine Leere auf, so groß wie ein schwarzes Loch. Meine Eingeweide fingen an zu brennen und ich spürte den Drang, mich zu übergeben.

»Kommst du, Sophie? Ich habe keine Lust, dich hoch zu tragen«, riss mich Jason aus meinen Grübeleien.

»Sorry«, murmelte ich und folgte ihm die Treppen nach oben ins Dachgeschoss. »Ich war in Gedanken ganz wo anders.«

Jason drehte sich lächelnd zu mir um, dann schloss er die Wohnungstür auf und lotste mich in seine Küche. Statt noch länger sauer auf mich zu sein, stand er nur wenige Minuten später mit einer Tasse Tee vor mir.

»Hör mal, ich weiß, dass du einiges zu verdauen hast und mir ist klar, dass dich das so schnell nicht los lassen wird. Und ich weiß auch, dass du mir erst dann wirklich glauben wirst, wenn ich dir den versprochenen Beweis liefere. Doch trink erst mal den Tee, er wird dir gut tun. Oder willst du lieber etwas Stärkeres?«

Dankbar schüttelte ich den Kopf und nippte vorsichtig an der Tasse. »Nein, danke, ich trinke keinen Alkohol, außer auf sehr seltenen Anlässen wie meinem Abschlussball oder an Geburtstagen. Aber der Tee ist gut. Was ist das für einer?« Teesorten waren ein zwangloses und unverfängliches Thema, und das war genau das, was ich brauchte, bevor es ans Eingemachte ging.

»Das ist ganz normaler grüner Tee, allerdings habe ich etwas Zitrone und Zimt reingetan. Entspann dich etwas, ich bin gleich wieder da.«

Ob er wohl den ominösen Beweis holte? Schulterzuckend ließ ich meinen Blick durch den Raum schweifen. Die Küche war nicht besonders groß. Ich hatte mich am Tisch in der Mitte niedergelassen. Hinter mir befand sich die Küchenzeile mit Herd, Backofen, Spüle und ein paar Schränken. Auf dem Fensterbrett allerlei Kräutertöpfe, unter anderem Basilikum und Thymian. Jason schien gern zu kochen. An der Wand hingen ein paar Bilder, die verschiedene Obst- und Gemüsesorten abbildeten. Alles ein bisschen zusammengewürfelt, aber gemütlich.

»Hast du ausgetrunken?«, unterbracht Jason meine Betrachtungen, als er zurückkam. »Ich möchte nicht riskieren, dass das Dokument beschädigt wird.«

Was konnte das für ein Dokument sein? Neugierig räumte ich meine Tasse weg und sah ihn auffordernd an.

Vorsichtig breitete Jason ein alt wirkendes Pergament vor mir aus. Es war nicht sehr groß. Ich konzentrierte mich auf das Stück Tierhaut. Erstaunlich schnell schaffte ich es, alles um mich herum auszublenden, und dann nahm ich nur noch die Schrift wahr. Zuerst tat sich gar nichts, doch plötzlich leuchteten die Buchstaben vor mir auf und das Latein verwandelte sich in Englisch!

24

Sophie

Wie in Trance starrte ich auf das glühende Dokument vor mir. Träumte ich etwa, oder passierte das hier wirklich? Mit zitternden Fingern berührte ich das Pergament und plötzlich erschien ein Hologramm - es zeigte ein Pentagramm. Ein Kribbeln wanderte von meinen Fingern durch meinen Arm und plötzlich erfüllte es meinen gesamten Körper. Obwohl meine Körpertemperatur stieg, fühlte sich dieser Zustand unglaublich gut an, als wäre ich die mächtigste Person der Welt. Meine Müdigkeit und Verzweiflung hatten sich in Luft aufgelöst, und ich fühlte mich stark und wachsam. Schließlich brannte das Glühen nicht mehr in meinen Augen, und ich war fähig, das Dokument zu lesen.

Plötzlich hörte ich Jason hinter mir keuchen und drehte mich um. Ein Blick in seine Augen verriet mir, dass ihn das, was hier passierte, ebenso schockierte wie mich. Seltsam, war nicht er derjenige gewesen, der mich auf die Besonderheit des Pergamentes hingewiesen hatte? Hätte er nicht wissen müssen, was geschehen würde?

»Was hast du gemacht?«, rief er entsetzt. Sein Gesicht war aschfahl.

»Nichts hab ich gemacht, ich habe mir das Dokument nur genau angeschaut. Aber wieso fragst du? Du musstest doch wissen, was dann passiert.«

»Nein, wusste ich nicht!«, flüsterte er und sah immer noch so aus, als hätte er einen Geist gesehen. »Bei mir ist immer nur das Hologramm erschienen. Glühende Buchstaben, die ihre Sprache ändern, habe ich noch nie erlebt. In all den Jahren nicht, seit ich das Pergament auf dem Dachboden des Jugendzentrums gefunden habe. Bitte, du musst es noch mal aktivieren, damit du lesen kannst, was da steht. In meinen Augen brennt es so sehr, dass ich nichts entziffern kann. Als wäre es eine Botschaft speziell an dich!«

Dieser Gedanke ließ mir das Blut in den Adern gefrieren. Konnte das sein? Hatte jemand schon Jahrhunderte vor meiner Geburt eine Nachricht für mich hinterlassen oder war das alles nur irgendein abgekartetes Spiel, von wem auch immer?

»Du kannst es echt nicht lesen?«, fragte ich. »Jason, das macht mir Angst«, flüsterte ich und zitterte am ganzen Körper. »Bist du sicher, dass das kein Trick von Luzifer ist. Ich meine, das Pentagramm -«

»Das Pentagramm wird oft für Luzifer verwendet, das stimmt. Aber es kommt auch in sogenannten heidnischen Religionen vor. Es muss also nicht zwangsläufig eine Botschaft von Luzifer sein. Aber das wissen wir erst, wenn du es durchgelesen hast.«

Verwirrt rumzusitzen und Fragen zu stellen, würde uns nicht weiterbringen. Also starrte ich erneut mit voller Konzentration auf das Pergament, und nur kurz darauf leuchteten die Buchstaben wieder auf und ich konnte sie entziffern:

Einst lebte eine Familie in den walisischen Wäldern, abgeschottet von den Menschen, umgeben von magischen Kräften und ebenso magischen Gefolgsleuten. Sie versteckten sich vor der Kirche, den Christen und dem

Teufel, denn jeder von ihnen wollte sie tot sehen. Sie schworen sich, das Böse zu besiegen, und gründeten einen geheimen magischen Bund. Doch mit den Jahren wurden die Mitglieder immer schwächer, und Neid und Hass schlichen durch die eigenen Ränge, bis jegliche Magie aus der Familie geschwunden war. Eines Tages aber wird ein Mädchen geboren, mit nicht-religiöser Herkunft und bisher unbekannten Kräften. Sie und ihr Verbündeter werden den Fluch für immer brechen - wie einst ihre Vorfahren - und nicht dem Bösen verfallen.

»Du - du h-hattest recht«, stotterte ich und mir wurde speiübel. War ich etwa das Mädchen, von dem die Prophezeiung sprach? Schlummerten in mir tatsächlich magische Fähigkeiten? Aber eine andere Möglichkeit konnte es nicht geben, schließlich hatte ich mit eigenen Augen gesehen, wie sich das Pergament verwandelte!

Der Geruch nach Zitrone und Zimt strömte mir in die Nase, und müde öffnete ich die Augen. Wortlos nahm ich ihm die Tasse ab und wärmte mich daran. Ich wünschte mir plötzlich, in einem schlechten Traum gelandet zu sein, und wartete verzweifelt darauf, auf dem Schulhof in einem Bandshirt aufzuwachen und mich von Elena nach einer fiesen Mobbingattacke von Ashley trösten zu lassen. Wie schön doch Normalität gewesen war! Doch dieser Zug war abgefahren, und ich musste mich nun damit abfinden, eine Feindin des Teufels zu sein, wenn ich meinen Teil des Deals nicht erfüllte.

»Geht es dir wieder besser? Das muss ein riesiger Schock für dich gewesen sein! Wenn du möchtest, kannst du dich ein bisschen hinlegen«, bot Jason an und hockte sich neben mich. Dankbar schaute ich auf und sah in seine besorgten Augen. Ob er in mir wohl so etwas wie eine weitere kleine Schwester sah? Dieser Gedanke hinterließ einen Stich in meinem Herzen, doch ich hatte keine Zeit, über Gefühlsduseleien nachzudenken.

»Danke, aber jetzt krieg ich sowieso kein Auge zu. Weißt du, was mich wundert? Ich bin in eine stinknormale Familie geboren worden. Nur mein Vater ist religiös, aber mehr aus Tradition heraus, und bis mir Nelson über den Weg gelaufen ist, habe ich nicht einmal an Gott, Luzifer und das gesamte Drumherum geglaubt. Doch plötzlich kann ich Pergamente durch einen einzigen Blick zum Glühen bringen und einen lateinischen Text in einen modernen englischen verwandeln. Als wäre das nicht schon schlimm genug, scheint eine Prophezeiung mich als Hexe zu bezeichnen und verlangt, dass ich Luzifer besiege. Normal zu sein klingt plötzlich sehr verlockend.«

»Das glaube ich dir. Und so gerne ich dir ein paar Tage geben würde, damit du alle verdauen kannst, muss ich dich darum bitten, diese Phase zu überspringen. Denn uns läuft die Zeit davon, und je länger wir im Dunkeln tappen, desto geringer ist unsere Chance, Luzifer zu besiegen. Vielleicht sind deine Eltern gar nicht so normal, wie du glaubst. Könnte es sein, dass sie mehr wissen?«

Mein erster Instinkt riet mir, alles lautstark abzulehnen, doch dann dachte ich nach. Konnte es tatsächlich sein? Immerhin schienen meine Eltern besorgter um mich zu sein, als es bei den meisten

Mädchen der Fall war. Dauernd verlangten sie, dass ich zur vereinbarten Zeit nach Hause kam, ihnen meinen Aufenthaltsort mitteilte und beim ersten Klingeln ans Handy ging. Als ich ihnen vorgeschlagen hatte, dass ich während des Studiums auf dem Campus wohnen könnte, waren sie bleich geworden, als hätte ich ihnen eine Drogensucht gebeichtet.

»Du könntest recht haben«, erwiderte ich eine halbe Ewigkeit später und erläuterte ihm meine Beobachtungen. Jason hörte aufmerksam zu, er unterbrach mich nicht ein Mal. Als ich geendet hatte, verfielen wir beide unseren Gedanken, bis Jason plötzlich zu lächeln begann. »Ich glaube, dass deine Eltern wirklich der Schlüssel sein könnten. Am besten stellst du in nächster Zeit ein paar

Nachforschungen an. Such nach versteckten Doku-
menten, aber erzähl ihnen nichts hiervon.«

Die Idee klang gut und so stimmte ich zu. Es wurde
Zeit für die Wahrheit, und wenn ich sie zusammen
mit Jason finden konnte, war mir jedes Mittel recht.
Mit neuer Entschlossenheit verabschiedete ich
mich und ging nach Hause.

25

Sophie

Eine Woche war es nun her, dass ich meine Berufung kennengelernt hatte. Noch immer konnte ich mich nicht wirklich damit abfinden. Es tat weh, an meinen eigenen Eltern zu zweifeln und nicht einmal mit Elle darüber reden zu können. Und dann hatte ich es bisher nicht mal geschafft, etwas Neues herauszufinden. Doch heute bot sich die Chance! Meine Eltern wollten den Nachmittag zusammen in der Stadt verbringen, und dann konnte ich endlich auf den Dachboden. Das war der einzige Ort, zu dem mir meine Eltern den Zutritt immer verboten hatten. Sie hatten behauptet, die alten Dielenbretter seien morsch und drohten durchzubrechen, wenn man sie betrat, und bis vor Kurzem hatte ich das auch geglaubt und nicht weiter darüber nachgedacht. Schließlich war das Haus schon sehr alt und erst vor ein paar Jahren hatte der Keller aus einem ähnlichen Grund saniert werden müssen. Doch nun beschlichen mich immer mehr Zweifel, und ich wusste nicht mehr, wem oder was ich glauben sollte. Einerseits hoffte ich, dass ich nichts auf dem Dachboden finden würde, andererseits wünschte ich mir nichts sehnlicher als Antworten auf die brennendste Frage meines Lebens...

»Bist du sicher, dass du nicht mitkommen möchtest?« Meine Mutter stand vor mir und musterte mich. »Das wird sicherlich ein schöner Tag werden. Wir wollen am Strand spazieren gehen, danach etwas essen und abends ins Kino gehen. Willst du das wirklich verpassen?«

Mit gespielter Unschuldsmine kämpfte ich gegen das aufkeimende schlechte Gewissen an. »Ich wäre gerne mitgekommen, aber mir geht es nicht so gut. Wahrscheinlich hab ich was Falsches gegessen und ich will euch nicht den Tag verderben. Außerdem muss ich Montag wieder ins Jugendzentrum, und da will ich fit sein. Es gibt Schlimmeres, als einen Samstag im Bett zu verbringen.« Wie immer, wenn ich meinen Eltern eine Lüge auftischte, zog sich mein Herz zusammen. Ein Kloß bildet sich in meinem Hals, und meine Hände fingen an zu schwitzen. Zum Glück schien meine Mutter das als Symptom für meine angeblichen Magenprobleme zu deuten, denn ihr Blick wurde weich.

»Ach Schätzchen, das tut mir so leid. Dein Vater und ich können auch zu Hause bleiben, wenn es dir lieber ist. Du siehst wirklich krank aus, am besten gehst du wieder ins Bett. Ich kann dir Suppe machen und -«

»Nein!«, rief ich lauter als gewollt. »Ich meine, du und Dad habt euch doch wirklich mal ein bisschen Spaß verdient. Ich bin kein Kind mehr und kann mich gut selber versorgen. Los, geht schon!«

Nach einem letzten skeptischen Blick verabschiedeten sich meine Eltern und verließen endlich das Haus. Ich wartete sicherheitshalber noch ein paar Minuten, schließlich kam es öfter vor, dass sie etwas vergessen hatten und noch mal zurückkamen, bevor ich mich auf den Dachboden schlich.

Die Luke knarzte, als ich sie öffnete, und eine gewaltige Staubwolke kam mir entgegen. Nachdem ich mich von meiner Hustenattacke erholt hatte, kletterte ich vorsichtig die Leitersprossen hoch und schaltete das Licht ein. Glücklicherweise funktionierte der Strom, sodass ich auf die Taschenlampe meines Handys verzichten konnte. Neugierig sah ich mich um und entdeckte Chaos. Überall standen alte und verstaubte Möbel herum. Doch marode Dielen, die durchzubrechen drohten, wenn man sie betrat, konnte ich nicht erkennen. Unfassbar, also hatten meine Eltern mich belogen! Und ich hatte eben noch ein schlechtes Gewissen ihnen gegenüber gehabt! Doch nun war mein Interesse geweckt. Was hatten meine Eltern all die Jahre hier oben vor mir versteckt? Worin waren sie verwickelt? Hatten sie wirklich, wie Jason vermutete, Streit mit der Kirche gehabt oder gab es einen anderen Grund für ihr Verhalten?

Ich lauschte ein weiteres Mal angestrengt, doch außer meinem Atem und dem Herzschlag war nichts zu hören. Also stürzte ich mich in die Arbeit und durchsuchte jeden Winkel. Ich schaute in Kleiderschränke, Schuhkartons und andere Möbelstücke, doch mit jedem Meter, den ich vorankam, wurde ich missmutiger. Verdammt, meine Eltern beherrschten das Versteckspiel besser, als ich erwartet hatte. Oder hatte ich mich getäuscht? Gab es hier überhaupt nichts Geheimes? Doch warum sonst hätten sie mich belügen und einen ganz normalen Dachboden als gefährlich einstufen sollen? Hier musste irgendetwas verborgen sein! Doch wo?

Verzweifelt schloss ich die Augen und atmete tief ein und aus. Ich musste meine Strategie ändern, wenn ich Erfolg haben wollte. Jeder würde vermuten, dass geheime Sachen gut versteckt sind, und daher würde niemand sich das Offensichtliche

ansehen. Ich musste also nach offen herumliegen-
den Sachen suchen! Zufrieden mit meiner neuen
Erkenntnis ließ ich den Blick erneut durch den
Raum schweifen. Was sah so normal und langwei-
lig aus, dass ich es unter normalen Umständen gar
nicht beachten würde? Zuerst fiel mir nichts auf,
doch gerade als ich den Dachboden für einen
Schluck Wasser wieder verlassen wollte, entdeckte
ich hinter einer Kommode auf dem Fußboden eine
Schachtel, aus der die Ecken eines sauber sortierten
Dokumentenstapels herausstachen. Ich zog ihn
hervor und studierte ihn. Kaum hatte ich begriffen,
welche Informationen die Papiere enthielten,
konnte ich ein Schluchzen nicht mehr unterdrücken. Wie konnten mich meine Eltern nur jahrelang
belügen? Wie konnten sie nur behaupten, meine Eltern zu sein, während diese Dokumente etwas

anderes besagten? Ich war gar nicht deren Tochter, sondern war kurz nach meiner Geburt adoptiert worden! Wütend nahm ich den Papierstapel unter den Arm, knallte die Luke mit voller Wucht zu und stampfte in mein Zimmer. Dort schaute ich mir den Stapel genauer an und fand einen Brief meiner leiblichen Mutter, den ich erst zum einundzwanzigsten Geburtstag hätte lesen sollen.

Liebe Sophie,

ich weiß, dass das ein Schock für Dich sein wird, doch mit dem heutigen Tag bist du nicht nur volljährig, wie du es schon mit achtzehn warst, sondern erwachsen, und erwachsen sein bedeutet, Verantwortung zu übernehmen und auch mit unangenehmen Wahrheiten umgehen zu können. Dass Du den Brief erst jetzt bekommst, lässt mich hoffen, dass Du bisher nicht mit den Schwierigkeiten unserer Vergangenheit konfrontiert wurdest. Leider muss ich Dir sagen, dass Carol und Mike nicht deine leiblichen Eltern sind. Stattdessen war Carol meine Freundin seit Kindheitstagen, und für sie und Mike war es selbstverständlich, Dir ein Zuhause zu geben. Es tut mir leid, dass ich Dich nicht selber großziehen konnte. Glaube mir, es hat mir das Herz gebrochen, Dich wegzugeben. Doch ich musste Dich beschützen. Vor Luzifer und vor den Kräften, die in Dir schlummern. Wahrscheinlich hältst Du mich jetzt für verrückt, doch Carol und Mike werden Dir alles erklären können. Ich hoffe, dass wir uns eines Tages wiedersehen werden und Du mir verzeihen kannst. Ich liebe Dich!

Deine Mum Jessica

Nachdem ich mich auf meinem Bett ausgeweint hatte, griff ich zum Handy und rief Jason an. Ich brauchte dringend jemanden zum Reden.

»Hey, Sophie, was gibt's? Hast du was rausgefunden?« Dankbar dafür, dass er gar nicht erst um den heißen Brei herumredete, fasste ich für ihn zusammen, was ich soeben erfahren hatte. Zögerlich las ich ihm auch den Brief vor. Ihn laut zu lesen, gab dem Ganzen eine neue Dramatik und ich musste zwischendurch eine Pause einlegen. Doch Jason drängte und unterbrach mich nicht. Stattdessen wartete er geduldig ab, bis ich geendet hatte.

»Das tut mir leid, Sophie«, erwiderte Jason nach einem Räuspern, und ich hörte, dass er es ernst meinte. »Aber ich habe schon so etwas vermutet. Das ist jetzt zwar kein Trost, aber immerhin hast du nun Gewissheit. Und besser so die Wahrheit erfahren als durch Nelson oder Luzifer. Ich nehme mal an, deine Mutter, also Carol, ist auf dieselbe Schule gegangen wie du?«

»Ja, wieso?« Was hatte denn die Schulzeit meiner Mutter damit zu tun?

»Na ja, in dem Brief steht, dass Jessica und Carol beste Freundinnen waren. Wenn sie auf dieselbe Schule gingen, vielleicht sogar im selben Sportteam waren, dann kriegen wir bestimmt den vollen Namen deiner leiblichen Mutter raus«, erklärte Jason und ich hörte an seiner Stimme, wie er lächelte.

»Genial!«, rief ich und klatschte vor Freude in die Hände. »Meine Mutter war im Lacrosse-Team der Schule.« Einen Moment lang war es am anderen Ende der Leitung still, und ich nahm an, dass Jason schon nach Jessica suchte. Plötzlich rief er: »Ich hab sie! Jessica Halston, selber Jahrgang wie Carol, sie arbeitet als Bibliothekarin in der Unibibliothek. Am besten stattest du ihr gleich morgen mal einen Besuch ab.«

26

Sophie

Die ganze Nacht über hatte ich kein Auge zu bekommen. Die Vorstellung, meiner leiblichen Mutter gegenüberzustehen und möglicherweise alle Antworten auf unsere Fragen zu erfahren, machten mich nervös und hoffnungsvoll zugleich. Trotz des Schlafmangels war ich hellwach, und so stand ich schon um acht Uhr auf und frühstückte zügig, bevor ich ins Bad ging.

»Wo willst du denn hin? Ich dachte, du wärst krank!« Mein Vater stand in der Badezimmertür und musterte mich mit einem durchdringenden Blick.

»Oh, hey, Dad!«, erwiderte ich und hoffte, mich normal anzuhören. »Habe ich dich aufgeweckt? Nachdem du und Mum erst so spät nach Hause kamt, dachte ich, dass du länger schläfst. Ich bin extra leise gewesen.«

Lächelnd schüttelte mein Vater den Kopf. »Alles gut, ich bin wach geworden, weil ich auf Toilette musste Wo willst du denn hin? Du hast doch keinen heimlichen Freund, oder?« Sein Blick wurde noch intensiver, und obwohl es nicht so war, wurde ich etwas rot.

»Was du schon wieder denkst! Ich bin volljährig, es gäbe also keinen Grund, euch zu verheimlichen, falls ich einen Freund hätte. Sorry, Dad, da musst du noch etwas warten. Aber du hast mich erwischt. Ich war nicht krank, ich wollte nur, dass du und

Mum endlich mal wieder ein bisschen Zeit für euch habt. Sei mir bitte nicht böse, aber ihr wart so stark auf mich fokussiert, dass ich mich mal wieder revanchieren wollte. Ich treffe mich mit Elena, sie will mir unbedingt etwas erzählen. Du kennst sie doch, ihre News können nun mal nicht warten!« Tatsächlich hatte Elle schon öfters in aller Frühe angerufen. Es war also nicht ganz aus der Luft gegriffen. Zumindest war dies eine kleine Hilfe gegen das aufkommende schlechte Gewissen.

»Grüß Elena von mir!«

Dankbar dafür, dass er mich nicht weiter befragte und die Pille einfach so schluckte, verließ ich das Haus und lief den Penglais Hill hinauf. Die Sonne brannte gnadenlos auf mich herab, und ich musste mehrere Pausen einlegen, um nicht umzukippen oder völlig nassgeschwitzt oben anzukommen. Obwohl der Weg bei jedem Wetter eine Herausforderung darstellte, liebte ich es, ihn zu überwinden. Damit sparte ich mir jedes weitere Sportprogramm und die Muskeln wurden auf natürliche Weise trainiert. Mal davon abgesehen, dass man zugleich an der frischen Luft war und ab und zu süßen Hunden begegnete. Auch heute waren ein paar Hundebesitzer auf meiner Route unterwegs, ansonsten jedoch war es recht ruhig.

Gegenüber der Hugh Owen Library, meinem heutigen Tagesziel, war die Students Union inklusive Starbucks, einem Fastfood-Restaurant und dem Uni-Shop. Das Beste hier war das Ledersofa, auf dem man es sich mit seinem Kaffee oder seinem Snack bequem machen und der Musik lauschen konnte. Neben der Bibliothek war das Arts Centre, hier gab es ein Café, einen Shop, eine Aula, eine Buchhandlung und ein Kino. Über eine Treppe erreichte man weitere Gebäude der Universität, noch ein Restaurant und das Fitnesscenter inklusive Schwimmbad und großem Sportplatz vor der Tür. Hier gab es also alles, was das studentische Herz begehrte.

Normalerweise las ich auf Level F, doch heute kehrte ich auf Level D zurück, nachdem ich ein paar Bücher über Luzifer und Magie zusammengesucht hatte. Ich nahm an einem Tisch gegenüber der Anmeldung Platz. Schon von Weitem erkannte ich, dass es sich bei der Mitarbeiterin um meine Mutter handelte, da sie dem Mädchen auf dem Foto, das Jason im Internet gefunden hatte, ähnlich sah und ich wollte sie nicht aus den Augen verlieren.

Nachdem ich einige Zeit lang erfolglos versucht hatte, aus den Büchern nützliches Wissen zu sammeln, klappte ich das dritte Buch frustriert zu und schloss für einen Moment die Augen. Das hatte doch keinen Sinn! Ich musste mit Jessica sprechen, vorher würde ich keinen anderen Gedanken mehr fassen können. Entschlossen stand ich auf und näherte mich ihr. Ihre blonden Wellen hatte sie zu einem Zopf zusammengebunden, wodurch die wenigen grauen Strähnen kaum auffielen. Die schwarze Nerdbrille stand ihr unglaublich gut. Als ich ihr gegenüberstand, musterten ihre freundlichen rehbraunen Augen mein Gesicht. »Was kann ich für dich tun, Liebes?«

»Ich bin Sophie Thomas und ich suche nach Ihnen.«

27

Sophie

»Du bist Sophie? Dann weißt du also die Wahrheit?« Ihre Stimme war noch immer sanft und liebevoll, doch nun hatte sie auch einen vorsichtigen Unterton angenommen.

»Nicht ganz«, gestand ich und fuhr mir verlegen durch die Haare. »Ich weiß, dass ich adoptiert wurde, und nach ein bisschen Recherche fand ich heraus, dass du meine leibliche Mutter bist. Ich habe ein paar Fragen und -«

»Können wir das bitte woanders besprechen?«, flüsterte Jessica und sah sich nervös um. »Diese Unterhaltung ist nicht für andere Ohren bestimmt. Lass uns draußen sprechen. Ich bin in ein paar

Minuten bei dir.« Ehe ich antworten konnte, stand Jessica auf und verließ ihren Platz an der Rezeption.

Schulterzuckend ging ich vor die Tür, um dort auf sie zu warten.

»Okay, lass uns ein Stück gehen«, hörte ich Jessica hinter mir und drehte mich um.

»Klar, von mir aus. Solange ich Antworten bekomme, ist mir jeder Ort recht«, erwiderte ich und lief ihr hinterher.

»Ich nehme mal an, dass du den Brief gefunden hast und daher von der Adoption weißt. Du bist gerade erst achtzehn, ich hatte gehofft, dass wir frühestens in drei Jahren hier stehen würden. Es tut mir ehrlich leid.« Sie lächelte, doch es wirkte verzweifelt. So als hätte sie sich nie Gedanken darüber gemacht, wie es sein würde, eines Tages ihrer Tochter gegenüberzustehen.

»In drei Jahren wärst du wahrscheinlich nicht mehr hier, oder?«, erwiderte ich, einer Intuition folgend. »Du wolltest mir gar nicht begegnen!« Die Wut in mir kochte hoch und automatisch ballte ich meine Hände zu Fäusten. Mein Herz verkrampfte sich, und meine Körpertemperatur stieg an, als hätte ich Fieber. Ich hätte nicht gedacht, dass die Ablehnung einer fremden Frau mehr wehtun würde als die Lüge meiner Eltern.

»Sophie, bitte! Warte doch und hör mir zu! Ich weiß, dass du sauer und enttäuscht bist, und das tut mir leid. Ich wollte dich beschützen, und bei Carol und Mike bist du besser dran!« Obwohl ich versuchte, durch schnelle Schritte Abstand zwischen uns zu bringen, konnte sie problemlos mithalten. Jessica legte ihre Hand auf meine Schulter und drehte mich sanft, aber bestimmt zu sich.

»Vor was beschützen? Falls du Luzifer meinst, dann ist dein Plan nicht aufgegangen!« Empört blieb ich stehen und starrte sie an. Ich wollte endlich Antworten!

»Na schön, aber dann gibt es kein Zurück mehr! Wenn ich dir die Wahrheit sage, ist es ein für alle Mal gültig und du musst dann nicht nur mit dem Wissen leben, sondern auch die Verantwortung und dein Erbe übernehmen. Bist du bereit dazu?«

Ich nickte und setzte mich auf eine Treppenstufe. Seufzend tat meine Mutter mir dies nach. Ihr Blick war ernst. »Okay, gut. Deine leibliche Großmutter,

also meine Mutter, war eine der mächtigsten Hexen aller Zeiten, doch wie üblich übersprang die
Gabe eine Generation, nämlich mich. Ich hatte gehofft, dies als Chance nutzen zu können, und gab
dich an meine beste Freundin ab. Ich hoffte, dass
du so unauffällig aufwachsen könntest und Luzifer
nie seinen Weg zu dir finden würde. Es war naiv
von mir, doch diese Hoffnung war alles, was ich
hatte. Unsere Vorfahren hatten die besonderen
Kräfte von Gott verliehen bekommen, damit wir
die Menschheit vor Luzifer beschützen können.
Doch wir sind gescheitert, nicht zuletzt, weil einige
aus unserem engsten Kreis sich gegen uns gestellt
hatten. Sie waren neidisch, dass diese besondere
Macht immer in unserem Blut floss, und ließen sich
auf einen Pakt mit Luzifer ein. Es war eine unserer
Vorfahrinnen, die sich ebenfalls mit dem Teufel

verband, und ihr Blut gab Luzifers Frau unendliche Macht. Das war die Geburtsstunde des Teufelsfluchs! Gott machte unsere gesamte Blutlinie dafür verantwortlich und belegte uns, oder eher dich, mit einer Strafe. Er zwang deine Großmutter dazu, eine Prophezeiung über dich niederzuschreiben und dich damit in die Verantwortung zu nehmen. Nur wenn du dich gegen Luzifer stellst und dich in einem Duell mit ihm misst, wird unsere Familie von der Strafe befreit. Alle verstorbenen Vorfahren bekommen ihren Frieden und du wirst in der Lage sein, Kinder zur Welt zu bringen, die diesen Fluch nicht erleben müssen. Weigerst du dich, wird unsere Blutlinie mit dir sterben, und Luzifer und seine Frau können die Menschheit unterwerfen.«

Entsetzt starrte ich Jessica an und wartete vergebens darauf, dass sie in schallendes Gelächter ausbrach. Doch ihre Miene blieb versteinert, und ich wusste, dass mein Schicksal ein wahr gewordener Albtraum war.

»Wieso ich?«, rief ich und musste gegen die Tränen ankämpfen. Das war nicht fair! Mein Leben lang hatte ich um Normalität gekämpft, nur um heute zu erfahren, dass ich niemals normal sein würde.

»Das weiß ich nicht. Verstehst du jetzt, warum ich dich beschützen wollte? Doch eines interessiert mich: Warum überrascht es dich nicht, dass ich dir deine magischen Kräfte offenbart und von einer Prophezeiung gesprochen habe?«

»Ich, na ja, ich hab die Prophezeiung schon gesehen. Ein Bekannter namens Jason, der ebenfalls vor Luzifer auf der Flucht ist, hat dieses Pergament angeblich von einem Priester bekommen, und als ich es berührt habe, glühten die Buchstaben auf und das Hologramm erschien. Da war mir klar, dass mit mir was nicht stimmt.« Es war nur fair, ihr gegenüber reinen Wein einzuschenken, nachdem sie sich mir gegenüber offenbart hatte.

»Das Hologramm ist erschienen?« Jessica sprang auf. Das Entsetzen stand ihr ins Gesicht geschrieben. »Das ist gar nicht gut. Uns bleibt nicht mehr viel Zeit, Sophie. Du und Jason müsst nächsten Vollmond zur Richfey-Kirche kommen. Offiziell existiert sie nicht, da sie durch Magie vor den Augen gewöhnlicher Menschen verborgen ist. Doch ihr werdet sie finden, das Medaillon zeigt dir den Weg. Das andere Medaillon gibst du Jason. Es hat nämlich auch die Eigenschaft, euch vor Nelson, Luzifer und seiner Frau Cathrine zu schützen. Aber nur vor ihnen und nicht vor deren Anhängern.«

Mit diesen Worten kramte sie zwei Medaillons aus ihrer Tasche und drückte sie mir in die Hand.

»Was sollen wir denn bei der Kirche machen und wieso eigentlich Jason?« Verwirrt starrte ich Jessica an und versuchte, ihr zu folgen.

»Jason ist kein normaler junger Mann, nur weiß er es noch nicht. Und ich bitte dich, ihm gegenüber zu schweigen. Er wird es noch früh genug erfahren. Jason stammt von einer besonderen Blutlinie, den Bewachern der weißen Magie, ab. Früher zählten sie zu unserem Zirkel, aber durch die Missgunst und die damit verbundene Hinwendung zum Teufel bestrafte Gott sie und nahm ihnen jegliche magischen Kräfte. Doch die wenigen treuen Familien wissen von ihrer Herkunft und bewachen noch immer unsere wichtigsten magischen Artefakte. Mehr kann ich dir jetzt nicht sagen, fokussiere dich auf deine Aufgabe. Danach werde ich dir den Rest verraten, versprochen. Hier, nimm diesen Zettel, auf ihm steht der Zauberspruch zum Aktivieren der Medaillons. Wir sehen uns bald wieder, Sophie. Bis dahin pass auf dich auf und vor allem halte deine Eltern heraus. Ich bin stolz auf dich, Tochter.« Mit zitternden Händen verabschiedete Jessica sich von mir, bevor sie wieder in der Bibliothek verschwand. Obwohl ich nun die Antworten hatte, fühlte ich mich schlechter als zuvor. Der Kloß in meinem Hals wurde größer, doch ich zwang mich, auf den Beinen zu bleiben.

28

Jason

Warum sind Frauen nur so anstrengend? Was ist so schwer daran, sich an Abmachungen zu halten oder sich wenigstens zu melden, wenn man diese nicht einhalten kann? Und war es eigentlich zu viel verlangt, ans Handy zu gehen? Sophie und ich hatten ausgemacht, dass sie mich um achtzehn Uhr anrufen und über die Lage informieren würde. Nun war es schon halb sieben und ich hatte noch immer nichts von ihr gehört! Auch mein dritter Anruf ging ins Leere. Hatte sie die Zeit vergessen oder hatte sie sich mit ihrer leiblichen Mutter verquatscht? Immerhin hatten die beiden achtzehn Jahre nachzuholen. Oder war sie gar nicht bei ihrer Mutter gewesen? O Gott, was, wenn Luzifer oder

Nelson sie abgepasst hatten? Bei diesem Gedanken fing mein Herz wild an zu pochen und meine Handflächen waren schweißnass. Was sollte ich nur tun?

Bevor ich eine Panikattacke erleiden konnte, klopfte, nein, hämmerte jemand an meine Tür. Vorsichtig ging ich hin und öffnete sie. Es war Sophie, doch sie wirkte völlig durch den Wind. Sofort keimte in mir der Beschützerinstinkt auf und ich zog sie in eine feste Umarmung. Ihr Duft nach Meer und Verzweiflung stieg mir in die Nase, und erneut klopfte mein Herz wild in der Brust. Es war verrückt, wir kannten uns schließlich erst seit wenigen Wochen, doch jedes Mal, wenn ich in ihrer Nähe war, fühlte es sich an, als würde ich nach Hause kommen.

Verwirrt von diesem Gedanken, schüttelte ich meinen Kopf und ließ Sophie eintreten.

»Was ist passiert? Du siehst aus, als hättest du ein verrückt gewordenes Kaninchen gesehen!«

»So was in der Art«, murmelte Sophie und ließ sich auf einen der Küchenstühle fallen. »Du wirst mich für bekloppt halten, wenn ich dir erzähle, was ich erfahren habe, aber ich schwöre dir, es ist die Wahrheit!«

»Sophie!«, erwiderte ich kopfschüttelnd und konnte mir ein überraschtes Lachen nicht verkneifen. »Wir beide planen, den Teufel zu besiegen, und zwar im wörtlichen Sinne. Wir mussten beide feststellen, dass es magische Dokumente mit verzauberten Prophezeiungen gibt. Weshalb sollte ich dir also keinen Glauben schenken?«

»Auch wieder wahr.« Sophie lächelte, doch dieses Lächeln erreichte ihre Augen nicht. »Okay, hör zu. Ich habe meine Mutter tatsächlich gefunden und sie konnte mir auch einige Antworten auf unsere Fragen geben. Und sie hat mir einen neuen Auftrag erteilt, der etwas mit diesen beiden Medaillons zu tun hat.« Stumm hielt sie zwei wunderschöne Medaillons hoch, eine davon deutlich filigraner als die andere. Dann holte sie einen Zettel raus und erklärte mir das, was sie von ihrer Mutter erfahren hatte. Bitte was? Das war doch wohl ein schlechter Scherz, oder? Wie sollten Sophie und ich denn bitte während einer Vollmondnacht eine scheinbar nicht existente Kirche finden? Und wie sollten uns alte Halsketten dabei behilflich sein? Okay, jetzt verstand ich, weshalb sie dachte, ich könnte sie für bekloppt erklären! Fassungslos kämpfte ich damit, das Gesagte zu verdauen, doch Sophie ließ sich von meiner Schweigsamkeit nicht beirren. Hoch konzentriert lief sie durch meine gesamte Wohnung und öffnete verschiedene Türen und Schränke, bis sie mit einem Feuerzeug und einer Tischkerze zurückkam und alles auf meinem Küchentisch verteilte.

»Was soll das denn werden?« Verwundert starrte ich zwischen Sophie und dem Küchentisch hin und her. Für eine Zaubershow hatten wir keine Zeit!

»Na was wohl? Glaubst du allen Ernstes, dass ich mich schutzlos dem Teufel stellen will?« Scheinbar schaute ich recht verwirrt drein, denn mit einem übertriebenen Augenrollen hielt sie die beiden Medaillons hoch und setzte in lehrerhaftem Tonfall hinzu: »Jeder weiß doch, dass Medaillons erst funktionieren, wenn sie mit dem richtigen Zauber belegt sind. Das ist kein Hokuspokus aus einer Zaubershow, Jessica hat mir den Zauberspruch persönlich in die Hand gedrückt und erklärt. Mach bitte das Licht aus und sei leise, damit ich mich konzentrieren kann!« Ihr bestimmender Tonfall gefiel mir, zumal ich diese Entschlossenheit nicht erwartet hätte. Kurz darauf hörte ich sie leise vor sich hin murmeln: »Mächte des Himmels, erhört mich! Ich rufe euch an, damit ihr mir helft. Schützt die Medaillons vor dem Teufel und sperrt das Böse aus ihnen aus. Gebt mir die Kraft der Erde, um einen klaren Kopf zu behalten. Lasst das Feuer meine Entschlossenheit und meine Kräfte entfachen, damit ich das Böse besiegen kann. Lasst das Element der Luft die Medaillons umschließen, auf dass sie ihre Träger vor der Sünde schütze, und möge das

Wasser uns zum Ziel tragen. Vorfahren, ich bitte euch, bringt uns sicher ans Ziel. Erzengel, steht mir bei, auf dass der Fluch ein Ende hat!« Wie in Trance starrte ich auf Sophies Hände, unfähig, mich zu bewegen oder einen Gedanken zu fassen. Ich glaubte jedes Wort, das aus ihrem Mund kam. Obwohl die Worte für mich übertrieben klangen, fühlte ich mich sicher und geborgen, umgeben von unbeschreiblichen Spannungen, als würde ein aktives Netzt aus Energien über meinen gesamten Körper gespannt. Als ich aufsah, erschrak ich, denn für einen Moment verdrehten sich Sophies Augen, direkt danach öffnete sich das Fenster und ein Luftstrom blies die Kerze aus. Ich eilte zum Lichtschalter und holte ein Glas Wasser für Sophie.

»Alles gut bei dir? Setz dich erst mal.« Vorsichtig schüttelte ich Sophie und zwang sie, mich anzusehen. Sie war schweißgebadet und zitterte, doch nachdem ich ihr das Wasser eingeflößt hatte, beruhigte sie sich etwas.

»Trag das Medaillon!«, rief sie mit einer ungewohnt rauen Stimme und schloss für einen Moment die Augen. »Sonst war alles umsonst. Und dann setz dich, wir brauchen einen Plan.«

»Du willst JETZT sofort einen Plan aushecken? Nach allem, was du heute durchgemacht hast? Hältst du das für eine gute Idee?« Mit großen Augen starrte ich sie an, und für einen Moment befürchtete ich, dass das Ritual ihr den Verstand geraubt hatte. Doch sie grinste mich an und zuckte die Schultern. »Es sei denn, du willst kneifen und dich feige hinter einer Frau verstecken.« Dieser Seitenhieb tat gut und ließ wenigsten den Anschein von Normalität zurückkehren. Also setzte ich mich, und zusammen entschieden wir, dass wir so losgehen würden, dass wir erst kurz vor Vollmond an der Kirche ankämen. Das war in einer Woche. Denn sonst würden wir nur riskieren, zu früh die falsche Sorte Aufmerksamkeit auf uns zu ziehen.

29

Sophie

Obwohl ich einen anstrengenden Tag hinter mir hatte, war ich nicht wirklich müde. Kurz entschlossen machte ich mich auf den Weg zu Elena. Ich vermisste meine beste Freundin unglaublich, aber das war nicht der Grund, weshalb ich sie sehen wollte. Ich brauchte ihre Hilfe, damit ich in einer Woche unbemerkt den Kampf gegen Luzifer aufnehmen konnte. Es war früher Abend und die Temperaturen waren noch immer angenehm, weshalb es mich nicht wunderte, dass ich vielen Cliquen, Pärchen und Familien über den Weg lief.

»Hey, Sophe! Was machst du denn hier?« Überschwänglich fiel sie mir um den Hals und drückte mich so fest, als wollte sie mich ersticken.

Vorsichtig, aber bestimmt schob ich sie von mir weg und betrachtete sie. Elle war noch immer dieselbe und das beruhigte mich ungemein. Sie war eine der wenigen Konstanten in meinem sich neuerdings ständig verändernden Leben.

»Hallo, Elle. Kann ich reinkommen? Ich muss dringend mit dir sprechen.«

»Okay, was ist passiert? Lass uns in mein Zimmer gehen. Aber wundere dich nicht über das Chaos. Ich miste aus und überlege, was ich alles nach Cardiff mitnehmen will.« Tatsächlich standen im Flur und in ihrem Zimmer einige Kartons, und die leeren Regale in ihrem Zimmer machten mich traurig. Bald würde Elle nicht mehr wenige Minuten zu Fuß von mir entfernt wohnen und ich würde sie nur noch alle paar Monate sehen.

»Also, was kann ich für dich tun?« Mit einem breiten Grinsen deutete sie auf ein paar Zentimeter freie Sitzfläche auf ihrem Sofa, bevor sie sich gegenüber auf ihr Bett setzte.

»Ich brauche deine Hilfe«, begann ich und knetete verlegen meine Hände. »Nächsten Freitag ist ja schon mein Praktikum zu Ende und danach werde ich für ein paar Tage verreisen.«

»Großartig! Du solltest auf jeden Fall etwas erleben, bevor das Studium beginnt. Und während des Studiums solltest du nicht vergessen zu leben. Geh auf Partys oder was auch immer, aber vergrabe dich nicht den ganzen Tag in der Bibliothek. Du lebst nur einmal und -«

»Darum geht es nicht!«, unterbrach ich sie harsch. Klar, sie hatte recht, es war wichtig, zu leben und nicht nur zu existieren, und man konnte sich natürlich auch trotz eines straffen Stundenplans amüsieren. Aber mein eventuell zukünftiges Studentendasein interessierte mich momentan überhaupt nicht. Wer wusste schon, ob ich den Kampf überleben und jemals mit dem Studium beginnen würde? Vielleicht war mein Leben in wenigen Tagen vorbei.

»Sorry, ich wollte nicht so hart zu dir sein«, sagte ich entschuldigend, als Elle ihren verletzten Dackelblick aufsetzte. Sie war nach außen hin immer das taffe, selbstbewusste Mädchen, aber sie hatte auch eine sehr sensible Seite. »Es geht um etwas viel Wichtigeres, als Abenteuer zu erleben und Spaß zu haben. Glaub mir, wäre es nicht so verdammt wichtig, würde ich gerne auf diese Reise verzichten. Es gibt allerdings einen Haken. Meine

Eltern dürfen nicht wissen, wohin ich reise, und daher brauche ich dich als Alibi.«

»Moment mal, was? Du willst, dass ich deine Eltern belüge? Kommt nicht infrage! Was zur Hölle ist los mit dir? Es hat doch nichts mit diesem seltsamen Nelson zu tun, oder? Ich hab dir gesagt, dass dieser Kerl dich nur in Schwierigkeiten bringen wird. Seit du mit ihm zu tun hast, erkenne ich dich kaum wieder!«

»Es ist nicht so, wie du denkst. Hier geht es um etwas viel Größeres als Nelson. Ich habe herausgefunden, dass ich adoptiert wurde. Und die Reise hat etwas damit zu tun. Ich möchte erst einmal genug Fakten sammeln, bevor ich meine Eltern mit meinem Wissen konfrontiere. Deshalb sollen sie auch nichts davon erfahren. Verstehst du?« Ich war stolz auf mich, dass ich es schaffte, ohne ein schlechtes Gewissen eine Halbwahrheit über die Lippen zu bringen und dabei zu viel zu verraten. Mein neues Ich gefiel mir immer besser. Nie hätte ich gedacht, dass ich einmal so selbstbewusst und entschlossen sein könnte.

»Du wurdest adoptiert?« Elles Mund öffnete und schloss sich abwechselnd, wie bei einem Fisch, der nach Luft schnappte. »Bist du dir da sicher? Woher weißt du das?«

»Mund zu, Elle!«, sagte ich grinsend, als sie verlegen meiner Aufforderung nachkam. »Ja, ich bin mir sicher. Ich habe die entsprechenden Dokumente zusammen mit einem Brief meiner leiblichen Mutter auf dem Dachboden gefunden. Du kannst dir sicher vorstellen, wie wütend ich war, doch ich habe meine leibliche Mutter gefunden und mich mit ihr ausgesprochen. Die Reise mache ich mit ihr zusammen.«

Kopfschüttelnd musterte meine Freundin mich, als hätte ich ihr erzählt, dass ich von Marsmännchen abstamme. »Das ist echt krass, Sophe! Was ist denn mit deinem Vater? Wirst du ihn während der Reise treffen? Und wohin fahrt ihr überhaupt?«

Entschuldigend blickte ich sie an und knetete erneut meine Hände. »Sorry, Elle, aber ich kann dir nicht sagen, wohin wir gehen. Ich werde es dir erzählen, sobald ich kann. Versprochen. Aber eines verrate ich dir: Ich habe keine Ahnung, wer mein leiblicher Vater ist, und es geht bei der Reise auch nicht um ihn.«

Entsetzt stand Elena auf und stemmte ihre Hände

in die Hüften. »Sophie Thomas!«, donnerte ihre Stimme und Wut blitzte in ihren Augen auf. »Du kannst doch nicht mit einer wildfremden Frau einfach irgendwohin fahren, auch wenn sie deine leibliche Mutter ist. Stell sie mir wenigstens vor und versprich mir, mich anzurufen.«

Entschuldigend fuhr ich mir durch die Haare und schüttelte den Kopf. Ich hatte gewusst, dass sie dies nicht gutheißen würde, und dafür liebte ich sie. Doch es gab kein Zurück mehr. »Es tut mir leid, aber das geht nicht. Danke, dass du dir solche Sorgen um mich machst, aber du kannst meine Meinung nicht mehr ändern. Ich passe auf mich auf, versprochen. Bitte vertraue mir.«

Ihr Blick war steinhart, doch ich sah, dass es in ihrem Kopf ratterte. Einen Moment lang schwiegen wir uns an, beide hingen wir unseren Gedanken nach. Gerade als ich frustriert aufstehen und gehen wollte, wurde Elenas Miene weicher. Sie hatte ihre Entscheidung getroffen. »Okay, Sophe. Offensichtlich scheint dir die Reise sehr viel zu bedeuten. Und ich weiß, dass du gut auf dich aufpassen kannst. Außerdem bist du meine Freundin. Ich kann dich nicht im Stich lassen. Ich hatte sowieso vor, nächsten Sonntag für eine Woche nach Cardiff zu fahren und meine neue Heimat kennenzulernen. Wir behaupten einfach, du begleitest mich, dann werden deine Eltern nicht skeptisch.«

Dankbar fiel ich ihr um den Hals, bevor ich mich auf den Weg nach Hause machte.

30

Sophie

Der Tag der Abreise war gekommen, und trotz meiner Sorgen freute ich mich wie ein kleines Kind an Weihnachten. Schon immer hatte ich davon geträumt, ein Abenteuer zu erleben und wie die Helden in meinen Lieblingsbüchern die Welt zu retten. Obwohl ich eigentlich um mein Leben fürchten musste – schließlich wollte ich mich nicht mit dem Teufel auf ein Bier in einem Pub treffen -, fühlte ich mich stattdessen unglaublich aufgekratzt. Vermutlich würde die Angst noch kommen, sobald auch die letzten Fasern meines Körpers die Gefahr realisiert hatten.

Pfeifend ging ich die Treppen runter und gesellte mich zu meinen Eltern an den Küchentisch.

»Na, ausgeschlafen, Liebes?« Meine Mutter kam auf mich zu und begrüßte mich mit einem Kuss auf die Wange.

»Viel geschlafen habe ich nicht, dazu bin ich viel zu aufgeregt. Aber müde bin ich trotzdem nicht«, erwiderte ich ehrlich.

»Das kann ich verstehen, du warst ja noch nie ohne uns im Urlaub, höchstens mal auf einer Klassenfahrt.« Obwohl das Lächeln auf ihren Lippen echt war und ich wusste, dass sie sich für mich freute, wusste ich auch, dass sehr besorgt um mich war.

»Das ist doch kein Urlaub, Mama!«, rief ich lachend und lockerte die Stimmung so ein wenig auf. »Wir setzen uns nur in den Bus, und ein paar Stunden später steigen wir in Cardiff wieder aus. Nur eine Busfahrt mit meiner besten Freundin. Kein Grund, sich zu sorgen.«

»Wir werden uns immer um dich sorgen, egal wie alt du bist. Du bist schließlich unsere Tochter.«

Amüsiert verdrehte ich die Augen. Ja, sie würden sich wahrscheinlich auch noch hundert Jahre nach unser aller Tod Sorgen um mich machen und mir im Himmel nachspionieren. Diese Idee brachte mich unwillkürlich zum Lachen und ich verschüttete etwas Kaffee auf dem Boden.

»Was ist denn so witzig daran?«, mischte sich nun auch mein Vater ein und sah von der Zeitung auf.

»Ich habe mir gerade vorgestellt, wie Mama, du und ich im Himmel chillen, nachdem Mama mir wieder hinterherspioniert hat«, erwiderte ich grinsend und nun stimmten auch meine Eltern in das

Lachen mit ein.

»Ja, so wird das wahrscheinlich ablaufen. Sie wird irgendwo einen Liebesbrief von dir finden und dich damit konfrontieren«, schlug mein Dad vor.

»Liebesbriefe? In welchem Jahrhundert lebst du denn? Zu der Zeit werden Smartphones auch schon im Himmel funktionieren. Wenn überhaupt wird sie meine Nachrichten lesen und mich dann zur Rede stellen!«

Gespielt empört verschränkte meine Mutter ihre Arme vor der Brust und schaute uns böse an. »Also so schlimm bin ich nun auch wieder nicht! Aber es wäre traurig, wenn ich mir keine Sorgen machen würde.«

»Es wird alles gut werden, Mama. Mir passiert

nichts. Ich melde mich zwischendurch, versprochen!« Es tat mir leid, sie anlügen zu müssen, aber
ich hatte keine andere Wahl.

»Ich finde es gut, dass sie vor Studienbeginn noch
etwas unternehmen möchte. Elena ist ja bei ihr. «

Dankbar für die unerwartete Unterstützung
drückte ich meinem Vater einen Kuss auf die
Wange, bevor ich mein Frühstück verschlang und
mich in Rekordgeschwindigkeit im Bad fertig
machte.

Wenige Minuten später, mein Vater hatte meinen
Koffer schon die Treppe runtergehievt, klingelte es
an der Tür. Ich verabschiedete mich mit einer fes-
ten Umarmung von meinen Eltern und betete, dass
ich sie demnächst lebend wiedersehen würde.

Auf dem Weg zur Bushaltestelle erzählte mir Elle von ihren Plänen, und ich hörte ihr zu, sodass die Zeit schnell verging und ich mich kurz darauf schon von ihr verabschieden musste.

Wir hatten uns entschieden, möglichst vor der Mittagshitze loszugehen. Das würde hoffentlich unsere Kräfte schonen und verhindern, dass wir Menschenmassen über den Weg liefen und so in eine Falle geraten könnten. Das Wetter war schön, doch leider wärmer als angekündigt, und mit jeder Minute, die verstrich, wurde die Sonne gnadenloser. Der Geruch von frischem Gras und das Vogelgezwitscher hellten meine Stimmung auf. Ich beschleunigte meine Schritte. Gut gelaunt tänzelte ich um Jason herum. Doch plötzlich verlor ich das Gleichgewicht und landete direkt vor seinen Füßen.

»Alles gut, Sophie?« Mit besorgter Miene kniete er sich vor mich hin und half mir hoch. »Hast du dich verletzt?«

»Geht schon«, murmelte ich und schob vorsichtig meine Hose hoch. Mein Knie war leicht aufgeschlagen, blutete aber glücklicherweise nicht sehr stark. Dennoch stach der Schmerz durch mein Knie, als ich es leicht anwinkelte. »Verdammt!«, zischte ich und biss meine Zähne zusammen. Aber aufgeben kam für mich nicht infrage.

»Warte, ich helfe dir!«, rief Jason und reichte mir seine Hand. »Kannst du laufen?«

Dankbar nahm ich seine Hand an, trat auf und atmete erleichtert aus. Laufen und stehen konnte ich, also lag keine ernste Verletzung vor. Spätestens am nächsten Morgen sollte alles wieder in Ordnung sein.

»Danke für deine Hilfe. Wenn wir zwischendurch pausieren, sollte es gehen. Was ist denn unser Ziel für heute Nacht? Irgendwo müssen wir ja übernachten.« Voller Aufbruchsstimmung schaute ich ihn an.

»Als Kind war ich oft im Wald unterwegs und ich erinnere mich an eine Höhle auf unserer Route, die deine Mutter dir erklärt hat. Ruh dich ein bisschen aus und dann geht es weiter.« Na super, konnte der Tag noch bescheidener werden? Am liebsten hätte ich genörgelt und auf ein bequemes Bett bestanden, aber ich wusste, dass Jason recht hatte. Bestimmt hatten Luzifer und Nelson längst verstanden, dass ich den Deal gebrochen und mich mit Jason verbündet hatte, und bestimmt waren sie schon auf der Suche nach uns. Und vielleicht ahnten sie auch, dass ich meine Mutter gefunden hatte und auf dem Weg zu einem Treffen mit ihr war. Dann wären sie sicher auch so schlau, an jedem Hotel und an jeder Gaststätte Gefolgsleute von sich zu positionieren, darauf wartend, dass Jason und ich müde und hungrig nach einem bequemen Bett für die Nacht suchen würden. Tja, in einer Höhle mitten im Wald zu schlafen war ja auch ein Abenteuer für sich!

31

Jason

Nachdem Sophie gestürzt war, mussten wir eine längere Pause einlegen. Zudem bestand ich darauf, dass wir öfter rasteten, damit Sophie ihr Knie schonen konnte. Schließlich sollte sie nächste Nacht gegen Luzifer kämpfen. Deshalb war es schon dunkel, als wir die Höhle erreichten, und sofort überkam mich ein Gefühl der Glückseligkeit. In dieser Höhle hatte ich als Jugendlicher viel Zeit verbracht. Nach fünf Jahren wieder hier zu stehen, überwältigte mich, und die letzten Meter zum Eingang überwand ich mit einem Sprint. Vorsichtig sah ich mich um, ob unerwarteter Besuch sich einquartiert hatte, bevor ich Sophie heranwinkte.

»Willkommen in meinem zweiten bescheidenen

Zuhause!«, rief ich und leuchtete ihr mit der Taschenlampe den Weg.

»Es stimmt also wirklich, was die Leute sagen!«, erwiderte sie lachend und folgte mir. »Männer sind tatsächlich nur Kinder in ausgewachsenen Körpern.«

Glücklich sah ich sie an, und ich wusste, dass meine Augen vor Freude funkelten. Das taten sie immer, wenn es um diese Höhle ging. »Dieser Ort bedeutet mir unglaublich viel. Hier bin ich immer hergekommen, wenn ich mich mit meinen Eltern oder sie sich untereinander gestritten hatten. Ich behauptete dann immer, dass ich bei einem guten Freund übernachten würde, aber ich liebte es, mich hierher zurückzuziehen. Hier konnte ich immer in Ruhe über alles nachdenken und ich selbst sein.«

»Haben deine Eltern die Geschichte mit den Übernachtungen nie überprüft?« Erstaunt blickte sie mich an und ließ sich auf meinem alten aufblasbaren Gästebett, das ich sorgfältig geschützt in einem Karton aufbewahrt hatte, nieder, nachdem ich es mühevoll aufgepustet hatte. Nachdem ich endlich wieder zu Atem kam, setzte ich zu einer Antwort an.

»Nein, dazu hatten sie weder die Zeit noch die Kraft. Meine Schwester litt doch jahrelang an Krebs, und auch als sie ihn besiegt hatte, ging es ihr nie wirklich gut. Im Gegensatz zu ihren Mitschülern hatte sie keine Freundschaften knüpfen können und wusste nie, wem sie sich anvertrauen sollte. Zudem wurde sie immer schräg angeguckt und musste sich wegen ihrer Glatze während der Chemotherapien dumme Sprüche anhören. Meine

Schwester war psychisch am Ende. Sie war doch noch ein Kind, und der Kampf gegen die Krankheit hatte sie viel Kraft gekostet. Und dann musste sie sich auch noch mit solchen unterbelichteten Vollidioten herumschlagen, die sich über sie lustig machten!« Wütend haute ich mit der Faust auf den Tisch und fluchte. Verdammt, warum konnte ich diesen Schmerz nicht endlich hinter mir lassen? Meiner Schwester ging es mittlerweile wieder gut. Auf dem Internat, auf das sie wechseln durfte, hatte sie schnell wahre Freunde gefunden, und auch mit ihrem Freund war sie nun schon zwei Jahre zusammen. Offenbar war sie besser als ich darin, die Vergangenheit zu überwinden.

»Hey, es ist schlimm, was passiert ist, aber du kannst die Vergangenheit nicht ändern, du kannst nur in die Zukunft blicken und dafür kämpfen, dass jeder Tag besser als der vorherige wird.« Mitfühlend sah Sophie mich an und nahm meine Hand. »Ich wünschte mir auch, dass in allen Ländern der Welt das Thema Mobbing an Schulen Pflichtteil der Lehrerausbildung wäre und dass jeder Lehrer alle paar Jahre eine Fortbildung dazu belegen müsste. Und ja, die Politik hängt meilenweit hinterher. Es wird Zeit, dass wir ach so modernen Europäer strenger gegen Mobbing und Diskriminierung vorgehen. Das würde vielleicht dafür sorgen, dass die Mobbingattacken weniger werden und es viel weniger Opfer geben würde.«

Dankbar nahm ich ihre Hand und drückte sie.

Nachdem Sophie und ich uns noch ein wenig über unsere Familien und Interessen unterhalten und etwas gegessen hatten, gingen wir schlafen.

Lautes Vogelgezwitscher riss mich aus dem Schlaf. Verwirrt sah ich mich um und brauchte einen Moment, um die Situation zu realisieren. Ich lag auf meinem aufblasbaren Gästebett in meiner Höhle und Sophie lag dicht an mich gekuschelt in meinem Armen. Seltsam, waren wir nicht Rücken an Rücken eingeschlafen? Vorsichtig löste ich mich und betrachtete Sophie. Sie schlief wie ein Stein. Sophie lag auf der Seite und hatte ihre Beine angezogen. Auf ihrem Gesicht lag ein entspannter Ausdruck. Lächelnd wandte ich mit ab und hievte mich hoch. Ich streckte mich ausgiebig und kramte in Sophies Rucksack nach einem Müsliriegel, den ich zusammen mit etwas Wasser hinunterspülte. Ich schlich mich unbekleidet zum Bach und sprang ins eiskalte Wasser. Im ersten Moment zog sich alles in mir zusammen und mein Körper rebellierte gegen die unerwartete Kälte, doch nach einem kurzen Moment durchlief mich ein Gefühl des vollkommenen Glücks. Das Wasser erfrischte meinen Körper und Geist, und sofort war ich hellwach. Ich liebte solche Momente in der freien Natur, denn nichts erdete mehr.

Zurück an der Höhle sammelte ich meine Kleidung ein, die ich nachts zum Auslüften draußen über einen Busch gehängt hatte, und zog mich an. Kopfschüttelnd stellte ich fest, dass Sophie noch immer schlief. So sehr ich den Anblick auch genoss, musste ich ihm nun ein Ende bereiten, schließlich mussten wir vor Mitternacht an der Kirche ankommen und wir hatten noch einen weiten Weg vor uns.

»Hey, Eiermädchen, Zeit zum Aufstehen«, flüsterte ich in ihr Ohr.

»Lass das!«, nuschelte Sophie und drehte sich auf die andere Seite. Schulterzuckend ging ich um das Bett herum und kniete mich wieder neben sie. »Letzte Chance, Sophie. Steh lieber freiwillig auf, sonst muss ich dich dazu zwingen«, erwiderte ich mit gespielt drohendem Unterton, bekam jedoch nur ein Brummen zur Antwort. Da war wohl jemand ein Morgenmuffel. Ohne weitere Vorwarnung fing ich an, Sophie zu kitzeln. Sie kreischte lachend und wehrte sich vergeblich mit Händen und Füßen. Dass sie dabei nur schwarze Unterwäsche trug, versuchte ich zu ignorieren.

»Na gut!«, japste Sophie. »Lass mich, ich stehe ja auf!«

Nachdem auch sie einen Müsliriegel gefrühstückt und sich frisch gemacht hatte, packte sie ihre wenigen Habseligkeiten und wir verließen die Höhle.

Wie am Vortag war es trotz der frühen Morgenstunde schon sehr warm draußen, und mehr als einmal fluchte Sophie darüber, dass sie keine Sonnencreme eingepackt hatte, und auch ich hätte zu gerne auf diese Wanderung verzichtet. Allerdings waren wir zu weit gekommen, als dass wir jetzt noch einen Rückzieher machen konnten. Also griff ich in meine Trickkiste und munterte Sophie mit Erzählungen über meine besten Jugendstreiche auf. Sie hatte mich bisher als unschuldig und freundlich kennengelernt. Zeit, ihre Sicht auf die Dinge ein wenig zu ändern. Mein Plan ging auf, und die gute Laune half uns dabei, zügiger voranzukommen. Doch plötzlich knackte hinter uns ein

Ast. Wie versteinert blieb Sophie stehen und sah mich aus großen Augen an. Wir waren so weit gekommen und hatten daher nicht mehr mit einem Angriff gerechnet. Ohne zu zögern, schob ich Sophie hinter mich und drehte mich um. Vor mir standen fünf bewaffnete Männer, die alle ziemlich kampflustig aussahen. Vermutlich hatten sie den Befehl erhalten, unsere Reise unter allen Umständen zu beenden, koste es, was es wolle. Und dem breiten Grinsen der Männer nach zu urteilen, freuten sie sich auf die Aussicht, uns die Grenzen unserer Macht aufzuweisen.

»Du hättest nicht zum Verräter werden sollen, Jason. Der Meister hatte gute Pläne in hohen Positionen für dich«, ertönte die Stimme des Mannes, der mir am nächsten war. Obwohl ich ihn jahrelang nicht gesehen und seine Stimme mittlerweile einen nasalen Tonfall angenommen hatte, erkannte ich ihn sofort. Mein ehemaliger Mitschüler Aiden hatte wohl die Schnauze voll davon gehabt, nur zum Durchschnitt zu gehören, und sich Luzifers Weltuntergangskommando angeschlossen.

»Was denn, warst du nicht mehr gut genug für Cassy? Hat sie dich etwa doch für unseren spanischen Austauschschüler sitzen lassen? Wie hieß der doch gleich? Enrique? Er passt eindeutig besser zu ihr mit seinen straffen Bauchmuskeln und seinem sexy Akzent. Macht ihn interessant, etwas, das du nie zu bieten hattest!« Spöttisch grinsend ging ich auf ihn zu und ließ ihm keine Zeit zu antworten. Dank meiner jahrelangen Kampfsporterfahrung gingen er und sein Kumpel zügig zu Boden, während ich nur eine aufgeplatzte Lippe und ein paar Kratzer davontrug.

Zufrieden mit meiner Leistung drehte ich mich um, doch das Hochgefühl ließ sofort nach. Sophie war umzingelt von den anderen drei Männern. Ich sprintete auf sie zu, hielt jedoch mitten in meiner Bewegung inne. Über Sophie blitzte und donnerte es, obwohl der restliche Himmel weiterhin vor sich hin strahlte. Plötzlich entstand aus dem Nichts eine Gewitterwolke, die sich auf Sophie herab bewegte und sie letztlich komplett umhüllte.

32

Sophie

Verdammte Mistkerle! Wir waren so gut in der Zeit und bester Stimmung gewesen, sodass die brutale Hitze erträglich geworden war. Und dann tauchten mit einem Mal diese Möchtegern-Ninjas auf und wollten uns die Tour vermasseln!

Verzweifelt wandte ich mich zu Jason, der sich sofort schützend vor mich stellte und mir damit ein weiteres Lächeln ins Gesicht zauberte. Bevor ich etwas sagen konnte, trat einer der hochnäsigen Messerträger vor und nannte Jason einen Verräter. Fasziniert bewunderte ich, mit welcher Lässigkeit er die Situation meisterte. Als würde er nicht gerade mit einer Waffe bedroht. Ich hörte nicht, was er sagte, doch nur kurz darauf verarbeitete er die beiden Kerle zu Kleinholz. Geflasht von seiner präzisen Kampfweise, stand ich wie festgeklebt an meinem Platz und beobachtete die Szene voller Anerkennung. Ich hatte gar nicht gewusst, dass in Jason eine Art Bad Boy existierte.

»Genießt du die Show, Prinzessin?«, ertönte eine tiefe Stimme neben meinem rechten Ohr. Panisch drehte ich um und starrte in ein fettes Grinsen.

»Na lass sie doch, solange sie noch lebt«, kam eine Antwort von meiner linken Seite. Meinem Instinkt folgend wandte ich mich nun zu ihm und kämpfte gegen die Übelkeit in mir an, die seine verfaulten Zähne und der Mundgeruch auslösten. Ich wollte fliehen, doch auch hinter mir stand einer dieser Mistkerle. Er war gebaut wie ein Schrank und arbeitete bestimmt irgendwo als Türsteher. Panik stieg in mir hoch. Mein Herz fing an zu pochen, meine Hände schwitzten und meine Gedanken drehten sich im Kreis. Was sollte ich nur tun? Ich musste hier lebend rauskommen, um jeden Preis! Doch wie? Als hätte Jason meine Gedanken gehört, drehte er sich zu mir um und kam auf mich zu. Plötzlich hörte ich von oben einen Donner und richtete meinen Blick zum Himmel. Was um alles in der Welt war das? Eine große Gewitterwolke, deren Herkunft ich mir bei dem strahlendblauen Himmel einfach nicht erklären konnte, senkte sich geradewegs auf mich herab und nun gesellten sich zu dem Donner auch Blitze hinzu. Na großartig, auch das noch! Sollte ich etwa von einer wildge- wordenen Gewitterwolke getötet werden? Sollte das mein Ende sein? Mein Mund wurde trocken und meine Kehle schnürte sich zu. Panisch schloss ich die Augen, hoffend, dass die Stromschläge dadurch erträglicher würden. Na, immerhin würden meine Eltern dann keinen Verdacht schöpfen, wenn die Polizei sie darum bitten würde, meine Leiche zu identifizieren. Schließlich sind Fälle bekannt, in denen Menschen vom Blitz getroffen wurden. Die Vorstellung, meine Eltern vor der Wahrheit schützen zu können, ließ mich erleichtert aufatmen. Ich war bereit, das Unumgängliche zu akzeptieren.

Als mich die Wolke komplett eingehüllt hatte, öffnete ich verwundert meine Augen. Ich war quicklebendig und auch die erwarteten Stromschläge blieben aus. Auch der Donner war im Inneren der Wolke deutlich leiser, wie eine rhythmische Sequenz auf einem Schlagzeug. Dieser Rhythmus rüttelte mich wieder wach. Ich musste die Wolke irgendwie verlassen und die Männer besiegen! Ein Kribbeln in meinen Fingerspitzen ließ mich nach unten sehen. O mein Gott! Die Blitze der Wolke fuhren über meinen Körper in meine Hände! Wie war das möglich, ohne dass ich einen Herzinfarkt erlitt? Das ist es! Alles, das ich tun musste, war, diese Blitze irgendwie auf unsere Gegner zu lenken, bis sie bewusstlos am Boden lagen! Angefeuert von meiner neuen Kampflust, setzte ich meinen Plan sofort in die Tat um. Durch die Wolke sah ich verschwommen, doch alle drei Männer waren noch an Ort und Stelle. Sie starrten die Wolke gebannt an, unfähig, sich zu bewegen. Ich drehte mich zuerst zu dem Spinner zu meiner rechten Seite um und feuerte einen Blitz direkt in sein Herz. Dann war der Mann mit den schlechten Zähnen dran, und zuletzt nahm ich mir den Türsteher vor.

Euphorisch von meinem Erfolg jubelte ich. Ich hüpfte wie ein kleines Kind auf und ab und stellte mir vor, wie ich die drei an Hundeleinen zu Luzifer führte. Dieser Gedanke stimmte mich selig und mit diesem guten Gefühl setzte ich mich hin. Als sich die Wolke anhob, spürte ich eine unendliche Erschöpfung über mich kommen, und ehe ich einen weiteren Gedanken fassen konnte, schlief ich ein.

Ich habe keine Ahnung, wie lange ich bewusstlos war, doch als ich erwachte, kniete Jason neben mir und strich mir besorgt eine Haarsträhne aus dem Gesicht.

»Hey«, krächzte ich und setzte mich schwerfällig

auf. »Was ist passiert?«

»Gott sei Dank, du bist wach! Wie geht es dir?«, erwiderte er meine Frage mit einer Gegenfrage und reichte mir eine Flasche Wasser.

»Danke.« Nachdem ich einen Schluck genommen hatte, setzte ich zu meiner Antwort an: »Ich fühle mich gut und habe nicht mal Kopfschmerzen. Was ist mit den Männern, die du verprügelt hast? Und wo sind die, die ich mit Blitzen angegriffen habe?«

Noch immer hielt er meine Hand. »Krieg jetzt bitte keinen Schock, Sophie. Die Blitze haben die drei Männer sofort getötet. Da die anderen beiden Männer abhauen wollten, musste ich sie daran hindern. Aiden hat mich angegriffen, wir haben erneut gekämpft. Dabei ist er gefallen und hat sich den Kopf aufgeschlagen. Der letzte ist gestolpert und in seine

Waffe gestürzt.«

Ungläubig starrte ich ihn an und wartete darauf, dass er zu lachen begann, doch das tat er nicht. Stattdessen streichelte er meinen Handrücken. »Es tut mir leid, Sophie, aber es ging nicht anders.« Verzweifelt kuschelte ich mich an ihn und schloss für einen Moment die Augen. Ich hatte heute drei Männer getötet! Ich hatte drei Morde begangen! Alles in mir bebte, und ehe ich michs versah, musste ich mich übergeben. Noch nie in meinem Leben hatte ich mich so schlecht gefühlt.

»Es musste sein Sophie, sonst hätten sie uns getötet! Außerdem müssen wir jetzt weiter!«, rief Jason sanft, aber bestimmt. Ich nickte und ließ mich von ihm hochhieven.

33

Sophie

Es dauerte ein paar Stunden, bis ich mich von dem Schock etwas erholt hatte. Ich würde mit dieser Wahrheit von nun an leben müssen, und die Tatsache, dass ansonsten ich tot wäre, half mir dabei nur wenig. Da Jason ebenfalls für den Tod zumindest einer Person verantwortlich war, verliefen die letzten Stunden unserer Wanderung sehr schweigsam, aber es war kein unangenehmes Schweigen, sondern ein unausgesprochenes Einverständnis. Zwischendurch machten wir kurze Pausen, um Kraft zu sammeln und zu essen, doch auch in der Zeit sprachen wir kein Wort miteinander.

Es war dreiundzwanzig Uhr, als wir unser Ziel erreichten. Zuerst sahen wir, wie von Jessica erwähnt, im Schein des Vollmonds nur eine Ruine, die von einem Friedhof umgeben war, doch kurz darauf erstand die kleine gotische Kirche auf wundersame Weise vor unseren Augen.

»Wir sind da! Wir müssen nur noch durch das schmiedeeiserne Tor, durch den Friedhof , und in der Kapelle wartet Jessica auf uns.«

»Moment mal!« Entsetzt starrte Jason mich an, als hätte ich mich in einen Alien verwandelt. »Ich soll mitten in der Nacht über einen verlassenen Friedhof laufen? Ist das dein Ernst?«

War das die Möglichkeit? Er hatte sich mit dem Teufel persönlich eingelassen, aber Friedhöfe machten ihm Angst? »Du willst doch jetzt nicht in letzter Sekunde wegen ein paar alter Gräbern kneifen, oder? Es gibt nur den Weg über den Friedhof, das haben Friedhofskapellen nun mal so an sich. Du kannst entweder mit mir kommen oder dir hier draußen in die Hose machen. So oder so, ich gehe da jetzt rein.« Entschlossen stemmte ich die Hände in meine Hüften und musterte ihn.

»Ich mach mir nicht in die Hose!«, grummelte Jason und sah mich alles andere als begeistert an. »Aber Friedhöfe und ich haben keine gute Vergangenheit miteinander. Warum wartet Jessica nicht hier draußen auf uns? Findest du das nicht seltsam? Was, wenn sie dich belogen hat und auf Luzifers Seite steht? Sie könnte uns eine Falle gestellt und die Männer auf uns gehetzt haben! Dann wäre die Kapelle alles andere als sicher.«

Genervt rollte ich mit den Augen. Klar könnte es eine Falle sein. Es könnte aber genauso gut die

Hilfe sein, die wir brauchten. Und ehrlich gesagt, wollte ich nicht mehr alles hinterfragen, ich hatte mir heute schon genug den Kopf zerbrochen. »Ob das eine Falle ist, sehen wir erst, wenn wir drin sind. Falls du recht hast, kannst du mich gerne lebenslänglich damit aufziehen. Also komm jetzt, Angsthase.« Ohne auf eine weitere Antwort zu warten, kletterte ich über das verschlossene Tor und blickte mich um. Es war unheimlich still hier, nicht einmal der Hauch eines Windes war zu spüren. Es war die Ruhe vor dem Sturm, das spürte ich. Kein Tier gab ein Geräusch von sich und auch jegliches Knacken der Äste fehlte. Es fühlte sich an, als hätte jemand die Pausentaste gedrückt und einen Film angehalten, in dem ich versehentlich gelandet war. Es war gruselig, keine Frage, doch für einen Rückzieher war es nun zu spät.

»Verdammt, Sophie!«, fluchte Jason hinter mir und überwand das Tor nun ebenfalls. »Bist du lebensmüde? Du hättest wenigstens auf mich warten können.«

»Oh, wie schön, du hast deine Eier wiedergefunden!«, erwiderte ich spöttisch, musste aber grinsen. Ich hatte gewusst, dass er mir folgen würde. Alles andere hätte sein Stolz nicht zugelassen. Und wer schon als Jugendlicher nachts in einem Wald mitten im Nirgendwo schlafen konnte, würde sich wohl nicht von einem einsamen Friedhof abschrecken lassen.

»Sehr witzig«, grummelte er zurück, musste aber ebenfalls schmunzeln. »Okay, jetzt mal ernsthaft. Wo müssen wir überhaupt lang?«

Schulterzuckend betrachtete ich das Gelände vor

uns. »Keine Ahnung. Geradeaus vermutlich.« Seufzend folgte Jason mir, und zusammen wagten wir uns immer weiter ins Innere des Friedhofs. Die Wege waren wie ein Labyrinth, doch mein Instinkt leitete mich und ich brauchte keine Karte, um die richtigen Abzweigungen zu wählen. Wenige Minuten später standen wir vor der Kapelle. Kaum zu glauben, dass dieses prachtvolle Gebäude für Außenstehende wie eine Ruine wirkt. Dankbar drückte ich mein Medaillon und atmete tief durch.

Die schwere Holztür ließ sich mit einem lauten Knarzen öffnen. Kurz hielt ich inne, doch niemand näherte sich uns. Mit einem seltsamen Gefühl in der Magengegend betrat ich das Gebäude. Der Innenraum war größtenteils mit Holz verkleidet. Vor dem Altar standen ein paar Sitzbänke. Auf einmal kam Jessica auf mich zu. Wo kam sie denn so plötzlich her?

»Hallo, Sophie«, begrüßte sie mich und zog mich in ihre Arme. »Wie schön, dass du da bist! Seid ihr gut hergekommen?«

Ich erwiderte ihre Umarmung, wollte den Stier aber möglichst schnell bei den Hörnern packen. »Wir sind spät dran. Lass uns später reden, dann können wir dir von unseren Erlebnissen erzählen. Das ist übrigens Jason. Jason, das ist Jessica, meine leibliche Mum.«

Jason reichte ihr zwar höflich die Hand, musterte sie aber skeptisch. Hoffentlich würde er ihr genug vertrauen, um unseren Plan nicht zu gefährden. »Freut mich, Sie kennenzulernen. Sagen Sie uns doch bitte, was jetzt passieren wird. Warum sind wir hier und was erwartet uns?«

»Gute Frage, Jason. Du kannst mich übrigens du-
zen, schließlich sind wir im selben Team. Ich habe
Luzifers Frau Cathrine, der bösesten und gefähr-
lichsten Hexe aller Zeiten, eine Falle gestellt. Wenn
sie den Köder geschluckt hat, müsste sie in wenigen Minuten hier sein. Sophie muss vorher diesen
Dolch hier mit ihrem eigenen Blut und einem Zauberspruch aktivieren und wartet dann hier in der
Kirche auf Cathrine. Wenn wir Glück haben, kann
Sophie einen direkten Angriff starten und den
Dolch in Cathrines Herz stoßen. Falls nicht, läuft es
auf einen Zweikampf hinaus.«

»Gibt es keine andere Möglichkeit?« Eine Kälte, die
ich so von Jason nicht kannte, unterstrich jedes dieser Wörter. Zugleich hatte er sich schützend vor
mich gestellt und die Arme vor der Brust verschränkt. Es war ja süß, dass er mich beschützen

wollte, aber das war nun wirklich nicht der richtige Zeitpunkt. Diesen Kampf konnte nur ich allein gewinnen. »Musst du ausgerechnet deine eigene Tochter in Lebensgefahr bringen?«

»Tut mir leid, aber es gibt keinen anderen Weg. Es sei denn, ihr wollt heute sterben und gleichzeitig zulassen, dass Luzifer und seine Familie die Weltherrschaft an sich reißen und alle Menschen, die sich nicht auf seine Seite stellen, der ewigen Sklaverei unterwerfen. Was ist dir lieber, Sophie? Cathrine töten und die Welt vor dem Untergang retten oder sterben und für das Leid aller Menschen verantwortlich zu sein?«

Diese Worte trafen mich wie ein Schlag ins Gesicht. Ja, ich wusste, dass viel auf dem Spiel stand, aber wie viel, das war mir bis eben nicht bewusst gewesen. Entschlossen schob ich Jason weg und stellte mich meiner Mutter gegenüber. »Ist das wahr oder ist es nur ein persönlicher Rachefeldzug, für den du mich brauchst?« Ich starrte ihr herausfordernd in die Augen und hatte meine Arme vor der Brust verschränkt. Ich musste die Wahrheit kennen, bevor ich auf Leben und Tod kämpfen würde.

»Es ist die Wahrheit, Sophie. Verstehst du jetzt, weshalb deine Eltern und ich dir all das so lange vorenthalten haben? Was, wenn du mit sechzehn Jahren alles erfahren hättest? Wärst du vor zwei Jahren fähig gewesen, dich auf das hier einzulassen? Es gibt kein Zurück mehr.« Jessica erwiderte meinen Blick eisig, und ich sah ihr an, dass sie nicht log. Als mir das dämmerte, bildete sich ein großer Kloß in meinem Hals und nahm mir für einen

Moment die Luft zum Atmen. Mein Herz pochte wie wild und die Müsliriegel wollten sich ihren Weg zurück nach oben bahnen. Verzweifelt schloss ich die Augen, ließ mein Leben kurz Revue passieren und atmete tief ein und aus. Als ich meine Augen wieder öffnete, sah ich den richtigen Weg klar vor mir. Ich musste mich diesem Test stellen und meinen Vorfahren und mir damit Frieden verschaffen. »In Ordnung, was muss ich machen?«

Nachdem meine Mutter mir das Ritual erklärt hatte, führte sie mich zum Altar, wo sie alles vorbereitet hatte. Vorsichtig legte ich den Dolch vor mir ab, bevor ich das kleine Messer nahm und mir in die linke Handfläche schnitt. Obwohl die Wunde brannte, hielt ich meine Hand mit zusammengebissenen Zähnen über den Dolch und ließ mein Blut darauf tröpfeln. So lange, bis Jessica mir ein

Zeichen gab. Schnell umwickelte ich die Wunde mit einem provisorischen Verband und sprach den Zauber, den sie mir zuvor beigebracht hatte.

Mächte der Nacht, erhöret mich! Nehmt mein Blut als Zeichen des Respekts und helft mir, die Dämonen der Nacht wegzusperren. Gebt Gott die Kraft zurück, die ihm gebührt, und befreit die Menschheit vor der Gefahr der größten Sünde. Stellt die einstige Ordnung wieder her und unterstützt den Herrn! Vorfahren, erhöret mich. Lasst uns kämpfen für das Richtige. Gebt mir die Kraft, unseren Namen wieder reinzuwaschen. Gott, mein lieber Herr, ich bitte dich. Verzeihe meine Sünden und die meiner Vorfahren. Nimm meine Kräfte, um zu siegen, und lasse mich dir ewig dienen!

Nachdem ich das Ritual beendet hatte, schloss ich

erneut meine Augen und wartete. Ich wusste, was ich gerade versprochen hatte. Würde Gott mein Angebot annehmen und ich den heutigen Kampf überleben, würde ich für immer in seinen Diensten stehen und, genau wie Jason es vor zehn Jahren getan hat, mein Leben Gott verschreiben. Doch diesen Preis war ich bereit zu zahlen, wenn ich damit Luzifer und seine Familie aufhalten und die Menschheit vor Luzifers Höllenqualen bewahren konnte.

Ein erleichtertes Lächeln schlich sich auf meine Lippen, als ich einen sanften Windhauch vernahm. Gott hatte mein Angebot angenommen, der Kampf konnte also beginnen. Mit neuem Mut trat ich auf meine Mutter und Jason zu und drückte ihnen mein Medaillon in die Hand, bevor ich sie dazu aufforderte, sich in einem Nebenraum zu verbergen. »Bleibt dort und passt auf mein Medaillon auf.

Wenn alles gut geht, bin ich bald zurück.«

Gerade als ich mich umdrehte und den Raum verlassen wollte, hielt mich Jason am Handgelenk fest.

»Du bist doch verrückt geworden, Sophie! Da rauszugehen ist ein Selbstmordkommando, verdammt noch mal! Diese Cathrine ist über tausend Jahre alt und beherrscht viel mehr Magie, als du jemals beherrschen wirst. Das kannst du nicht machen!«

Mit einem traurigen Lächeln befreite ich mich aus seinem Griff und schaute ihm direkt in die Augen. »Danke, Jason, für alles, was du für mich getan hast. Dass du mir zugehört und mich bis hierhin begleitet hast. Doch ich bin kein kleines Mädchen mehr und brauche keinen Beschützer. Ich schaffe das schon. Und wenn nicht, sehen wir uns eines Tages im Himmel wieder. Ich habe einen Pakt mit

Gott geschlossen, und du weißt aus eigener Erfahrung, was das bedeutet. Also halte mich nicht auf.«

Ich drückte ihm einen Abschiedskuss auf den Mund, bevor ich den Kirchenraum wieder betrat. Keine Sekunde später öffnete sich knarzend die Kapellentür und Cathrine stand vor mir.

34

Sophie

Ehe ich reagieren konnte, richtete sie ihre rechte Hand auf mich und murmelte irgendeinen Zauber. Schnell ging ich hinter einer der Bänke in Deckung und hoffte, hier ausharren zu können. Plötzlich schossen erneut Blitze aus meiner Hand hervor. War das eine besondere Gabe von mir oder konnte das jede Hexe? Oder war das vielleicht Gottes Hilfe? Ohne weiter darüber nachzudenken, nutzte ich diese Waffe und attackierte Cathrine. Ich traf sie am Bein und hörte kurz darauf ein wütendes Brüllen. Neugierig lugte ich hinter meiner Bank hervor und verfolgte, wie der selbstsichere Blick aus ihren grauen Augen verschwand und einem tosenden Sturm glich. Ihre bronzefarbenen Locken standen wild in alle Richtungen und ließen meine Gegnerin wie eine gefährliche Raubkatze wirken. Lange würde ich dieses Duell nicht durchhalten. Wie Jason schon gesagt hatte, reichten meine Kräfte nicht einmal annähernd an ihre heran.

Plötzlich öffnete sich die Tür erneut und Luzifer und Nelson marschierten herein. Verdammter Mist! Mit einem lauten Lachen wandte sich Cathrine zu ihrem Mann und Sohn um. Das war meine Chance! Ohne zu zögern, sprang ich aus meinem Versteck und rammte der bösen Hexe den Dolch direkt ins Herz.

Für ein paar Sekunden stand die Welt still. Plötzlich fing Cathrines Körper Feuer und ihr Gesicht versteinerte sich. Gütiger Gott, im Vergleich zu ihrem Schicksal waren Luzifers Handlanger noch gnädig davongekommen. Nelson taute als Erster aus seiner Schockstarre auf und rannte zum brennenden Leichnam seiner Mutter. Weinend beugte er sich über sie und versuchte vergeblich, den Brand zu löschen.

»Bring sie hier weg. Du weißt wohin!«, rief Luzifer wütend und seine Stimme war kälter als die Arktis. »Mit dir bin ich noch nicht fertig!«, knurrte er anschließend in meine Richtung und folgte seinem Sohn nach draußen.

Was sollte das denn jetzt? Wenn er mit mir nicht durch war, warum verschwand er dann? Wollte er sich später an mir rächen, wenn ich gar nicht mehr damit rechnen würde? O Gott, hoffentlich würde er meine Eltern nicht mit reinziehen! Panik kam in mir hoch und das selbstsichere Gefühl war mit einem Schlag verschwunden. Ich hätte Luzifer zuerst ausschalten sollen, ich Idiotin! Verdammt, wieso hatte ich mich nur so sehr auf Cathrine fokussiert? Ich brauchte einen neuen Plan, wenn ich wollte, dass niemand Unschuldiges, besonders nicht meine Eltern, in Gefahr gerieten! Wütend auf mich selbst, wischte ich mir mit dem Ärmel über die Wange. Wann genau hatte ich angefangen zu weinen? Als die Leiche in Flammen aufging oder als mir mein Fehler bewusst wurde? Verdammt, wieso nur hatte Gott mich ausgewählt? Warum keine andere Hexe aus der Familie? Meine Mutter hätte diese Aufgabe sicherlich viel besser erfüllt!

Frustriert stand ich auf und wollte gerade in Richtung des Nebenraums schwanken, in dem sich Jason und Jessica verbargen, als die Tür der Kapelle erneut aufging. Schon wieder stand Luzifer vor mir, doch dieses Mal grinste er breit. Seine kurzen schwarzen Haare hatte er nach hinten gekämmt und er trug jetzt einen perfekt gestutzten Drei-Tage-Bart. Wer hätte gedacht, dass der Teufel Bartwuchs hat? Schließlich hatten die Vampire in Filmen und Büchern auch nie einen Bart. Seine eisblauen Augen blitzten wie wahnsinnig auf mich herab und ließen mich erschaudern. Gerade rechtzeitig schaffte ich es, meinen Blick von seinem Gesicht abzuwenden. Was ich dann erst bemerkte, ließ mir das Blut in den Adern gefrieren. Elena lag geknebelt und leichenblass in seinen Armen. Ihre Augen waren seltsam verdreht und ihr Atem ging schwer. Ich schluckte die aufkommende Panik hinunter und wandelte sie in schiere Wut um.

»NEIN! ELLE!«, brüllte ich und rannte auf sie zu. »Elle, wach auf!« Doch sie reagierte nicht.

Verdammt, was hatte der Mistkerl nur mit ihr gemacht? »Du krankes Schwein hast sie vergiftet!«, schrie ich Luzifer entgegen und spuckte auf seine Schuhe.

»Nicht ganz«, erwiderte er gelassen, als würden wir über das Wetter sprechen. Seine Gleichgültigkeit ließ mein Herz noch schneller rasen.

»Was meinst du damit?«, knurrte ich und feuerte einen Blitz in seine Richtung. Diesem wich er geschickt aus, allerdings ließ er Elena fallen.

»Na ja«, meinte er gedehnt und grinste. »Ich wusste, dass du zuerst meine Frau angreifen würdest. Das macht ihr dummen Hexen immer. Zugegeben, ich habe nicht damit gerechnet, dass du sie töten könntest. Aber immerhin werde ich ihre Seele bei mir behalten können. Zusammen mit Elenas.

Weißt du was? Ich denke, ich werde sie als Cathrines persönliche Assistentin einsetzen. Meine Frau mochte es schon immer, andere die Drecksarbeit erledigen zu lassen, und jetzt hat sie noch weniger Kraft als zuvor.«

Die Vorstellung, dass Elle für dieses böse Miststück arbeiten sollte, drehte mir den Magen um. Das musste ich verhindern. Elle durfte nicht sterben! Nicht heute und nicht durch Luzifer! »Was hast du mit ihr gemacht?«, wiederholte ich meine Frage und unterdrückte mit aller Macht ein Zittern.

»Ich habe ihr Leben an das meiner Frau gekoppelt. So wusste ich, dass ich auf jeden Fall meine Rache bekommen werde und du genauso leiden wirst wie ich. Da Elena eine unschuldige Sterbliche ist, wird ihr Tod verzögert eintreten. Als Sünderin wäre sie sofort tot gewesen, ohne jegliche Chance auf Rettung. Vermutlich wird sie in den nächsten Stunden ins Koma fallen, morgen Abend sollte sie tot sein. Sie wird eine gute Dämonin abgeben. Ich werde sie persönlich trainieren und ihren Hass auf Menschen provozieren. Wenn sie einsetzbar ist, schicke ich sie zuerst zu ihrem Elternhaus und dann zu dir. Das wird ein Spaß!« Freudig, als hätte er im Lotto gewonnen, klatschte Luzifer in die Hände. »Also, meine Liebe, was wollen wir in der Zwischenzeit machen? Willst du dich von deiner Freundin verabschieden? Wir könnten auch ihre Beerdigung planen. Oder du flehst mich auf Knien um Vergebung an und ich werde dafür deine Freundin verschonen. Heißt, ich versetze ihr den Gnadenstoß und schicke sie zu meinem Vater, dem allmächtigen Gott, in den Himmel und lasse sie das Paradies genießen. Na, was ist? Geschäftspartner?«

Wie konnte jemand nur so aalglatt sein? Bedeutete ihm das Leben anderer denn gar nichts? Wie konnte das sein, wo er doch offensichtlich fähig war, eine Frau zu lieben? Oder ging es ihm mehr darum, die mächtigste Frau der Welt zu besitzen und trauerte er nur um seinen verletzten Stolz? »Ich bringe dich um!«, rief ich und stürzte mich auf ihn. Also, zumindest wollte ich das. Denn ich kam nicht weit. Sowohl Luzifer als auch ich waren plötzlich wie versteinert. Ehe ich realisieren konnte, was passierte, sanken die Temperaturen in der Kapelle drastisch und ich fing an zu frieren. Unter der Tür kroch Nebel hervor und umhüllte mein Gegenüber. Sein entsetztes Gesicht verriet mir, dass es kein Trick von ihm war. Plötzlich ertönte eine wütende, herrische Stimme und hallte von den Wänden wider.

Komm sofort nach Hause, Luzifer! Ich werde deine Frau verschonen und sie bei dir lassen. Und auch deinen Sohn lasse ich wieder gehen, wenn du tust, was ich sage, mein Sohn!

Ehe ich Luzifer aufhalten konnte, waren er und der Nebel verschwunden. Meine Starre löste sich und die Temperaturen stiegen wieder an. Alles war wieder normal. Fast alles, denn Elena lag immer noch bewusstlos und geknebelt auf dem Boden. Verzweifelt rannte ich zu ihr und kniete mich neben sie.

»Elle«, flüsterte ich und rüttelte an ihrer Schulter. »Bitte, wach auf!« Nichts geschah. Verdammt! »Ich weiß nicht, ob du mich hören kannst, aber ich lasse dich nicht gehen, hörst du? Du darfst mich nicht verlassen, ich brauche dich doch!« Tränen brannten in meinen Augen und nahmen mir die Sicht, doch es interessierte mich nicht. Ich hievte meinen bebenden Körper hoch und entschloss mich, sie wiederzubeleben. Ich gab ihr eine ausführliche Herz-Rhythmus-Massage, wie ich es in meinem Erste-Hilfe-Kurs gelernt hatte, und auch für eine Mund-zu-Mund-Beatmung war ich bereit. Doch egal, was ich tat, es half nichts. Scheiße, ich hatte meine einzige Freundin getötet! Weinend brach ich über ihrem leblosen Körper zusammen.

35

Jason

Der Kuss brannte noch immer auf meinen Lippen und ließ mich für einen Moment lächeln. Wie oft hatte ich mich gefragt, wie es sich anfühlen würde, ihre Lippen auf meinen zu spüren? Der Gedanke alleine reichte, um die Schmetterlinge in meinem Bauch zum Leben zu erwecken, und mein Herz pumpte wie verrückt. Unglaublich, was ein kurzer Kuss alles bewirken konnte. Aber wenn sie glaubte, mit einem Abschiedskuss davonzukommen, dann hatte sie sich getäuscht! Dachte sie echt, dass ich sie gehen ließ?

Entschlossen schritt ich zur Tür, jedoch stellte Jessica sich mir in den Weg.

»Lass es, Jason. Ich weiß, du willst sie beschützen und ihr helfen, und das ist sehr lieb von dir. Aber glaub mir, du würdest ihr nur schaden in diesem Moment. Ich weiß nicht, was da zwischen euch läuft, aber ich spüre, dass da etwas ist, das über eine normale Freundschaft hinaus geht. Das heißt, dass sie sich genauso Sorgen um dich macht wie du dir um sie. Wenn du da jetzt reingehst, wirst du sie ablenken und das könnte ihr das Leben kosten. Genauso schlimm würde sie es finden, wenn du ihre Bitte missachtest. Sie würde denken, dass du ihr nicht vertraust und sie für unfähig hältst, und das würde sie dir nicht verzeihen. Das Beste ist, wenn du dich wieder hinsetzt und darauf wartest, dass alles vorbei ist. Ich wollte sowieso mit dir reden.«

»Du wolltest mit mir reden?« Verwirrt blinzelte ich und versuchte all die Informationen zu verarbeiten. Warum mussten Frauen immer so viel reden, bevor sie zum Punkt kamen? »Worüber denn«, fragte ich und setzte mich wieder.

»Ich kann es nicht glauben, dass deine Eltern nicht ehrlich zu dir waren. Haben sie nie mit dir über deinen Teufelsdeal gesprochen? Waren sie denn gar nicht entsetzt, dass ihr Sohn sein Leben für ihre Tochter riskiert?«

War ja klar, dass Sophie sich verplappert hatte! Herrgott noch mal, sie kannte diese Frau doch gar nicht, sie sollte nicht jedem alles anvertrauen! Frustriert seufzte ich und schüttelte den Kopf. »Sie wussten nichts von dem Deal. Klar waren sie verwirrt über die plötzliche Wunderheilung und fragten, ob ich etwas weiß. Aber ich sagte ihnen, dass es neue Pillen aus den USA gebe, die hier in

Großbritannien noch nicht zugelassen seien. Ich bat sie darum, es für sich zu behalten, und damit war das Thema für sie erledigt.«

Amüsiert schüttelte Jessica den Kopf. »Deine Eltern haben dich angelogen. Sie wissen, dass Luzifer existiert, und sie wissen von seiner Familie. Sie wissen auch, dass Magie existiert und welche Rolle meine Familie bei allem spielt. Garantiert haben sie geahnt, dass du für das Leben deiner Schwester im wörtlichen Sinne einen Pakt mit dem Teufel geschlossen hast. Und weißt du, woher sie das wissen? Das haben sie alles in ihrer Ausbildung gelernt.«

»Ausbildung? Lüge? Wovon redest du da? Meine Eltern sind ganz normale Menschen!« Entrüstet stand ich auf und verschränkte die Arme vor der

Brust. Ich würde nicht zulassen, dass sie meine Eltern weiter in den Dreck zog.

»Hör zu, Jason. Ich weiß, du hattest einen harten Tag und willst, dass das alles endet. Aber du musst mir noch einmal zuhören. Weder du noch deine Eltern sind normale Menschen. Im Gegenteil, du wurdest in eine Familie geboren, die man als Bewacher der weißen Magie bezeichnet. Eure Vorfahren waren einst mit magischen Fähigkeiten ausgestattet und Teil unseres Zirkels. Doch dann haben sich einige von euren Vorfahren gegen uns gewandt und wurden von Gott bestraft, indem sie alle ihre Fähigkeiten verloren haben. Einige wenige von euch haben Buße getan und bewiesen, dass sie bereuen und wir ihnen vertrauen können. Diejenigen Familien kamen auf eine Akademie, nach außen hin ist sie als Eliteuniversität getarnt. Dort erhalten sie ihre Ausbildung. Sie erfahren die gesamte Wahrheit und jedem wird ein magisches Artefakt zugeteilt, manchen auch eine Hexe oder ein Hexer. Die Aufgabe ist es, diese Person oder den Gegenstand zu beschützen. Deine Familie zählt zu diesem engen Kreis der Bewacher. Interessant ist, dass dir der Schutz von Sophie und der Medaillons anvertraut wurde, obwohl deine Mutter das Angebot der Akademie, dir einen Studienplatz zu geben, abgelehnt hat. Ich kann für dich mit deinen Eltern und der Akademie sprechen. Sicherlich bieten sie dir erneut einen Platz an, falls du es denn möchtest. Aber das musst du selber entscheiden. Und egal, wie du dich entscheidest, ich bitte dich nur um eines: Beschütze meine Tochter, was immer es kostet!«

Schockiert hing ich an Jessicas Lippen, doch erneut

brauchte mein Verstand eine Weile. Meine Eltern und ich waren keine normalen Menschen? Mein gesamtes Leben war eine Lüge gewesen? Wie konnte das sein? Warum taten meine Eltern mir das an? Unfähig, auch nur einen klaren Gedanken zu fassen, schloss ich meine Augen und atmete tief durch. Ich würde mit meinen Eltern sprechen müssen. Denn nach allem, was ich erlebt hatte, konnte Jessica tatsächlich die Wahrheit gesagt haben. Aber es würde dauern, um die Konsequenzen daraus zu begreifen.

»Ich denke -«, weiter kam ich nicht, denn plötzlich hallte eine laute Stimme von den Wänden. Dann herrschte einen Moment Totenstille, bis ich Sophies Schluchzen wahrnahm. O Gott, Sophie! Ohne einen weiteren Gedanken zu verschwenden, rannte ich in den Hauptraum der Kapelle, dicht gefolgt von

Jessica. An der Tür sah ich Sophie am Boden kauern, daneben ein bewusstloses Mädchen. Wie versteinert blieb ich stehen. War das etwa eine Leiche? Doch Jessica stürzte zu dem Mädchen und hockte sich neben Sophie. Vorsichtig zog sie ihre Tochter in eine Umarmung. Einen kurzen Moment ließ Sophie es über sich ergehen und vergoss ein paar Tränen. Am liebsten hätte ich sie auch getröstet, aber ich verstand, dass dies eine Mutter-Tochter-Angelegenheit war, und hielt mich dezent am Rand des Geschehens.

»Es ist noch nicht zu spät, Sophie«, erklärte Jessica plötzlich und zwang Sophie, ihr in die Augen zu schauen. »Hörst du, du kannst Elena noch retten. Leg das Medaillon auf ihr Herz und bitte Gott darum, Elena bei uns zu lassen. Wenn Gott sie nicht braucht, wird er dir den Wunsch erfüllen.«

Sophie nickte und tat wie geheißen. Nachdem sie das Medaillon platziert hatte, fiel sie in ein stummes Gebet. Plötzlich hustete diese Elena und schlug die Augen auf. »Sophie? Bist du das wirklich?« Ihre Stimme war heiser und ihr fehlte die Kraft, sich aufzusetzen.

»Elle!«, rief Sophie glücklich und zog ihre Freundin hoch. »Komm, ich bringe dich zu einer Bank, dort kannst du dich ein bisschen erholen«, erklärte Sophie. »Ich bin so froh, dass du lebst! Ich hätte es nicht ertragen können, wenn du meinetwegen gestorben wärst. O Gott, es tut mir so leid!« Erneut überfiel Sophie ihre Freundin mit einer Umarmung und ein Schwall Tränen bahnten sich ihren Weg.

»Es ist nicht deine Schuld. Aber du hättest dich wirklich von diesem Nelson fernhalten sollen. Ich wünschte, er wäre einfach nur der Badboy, für den ich ihn gehalten habe. Aber lass uns später darüber reden, ich will erst mal zu Kräften kommen und da will wohl jemand mit dir sprechen.« Beide Mädchen drehten sich zu mir um und Sophie wurde rot. »Geh schon! Aber ich will später alle Details über euch erfahren!«, rief Elena und grinste.

Verlegen stand Sophie auf und winkte mich nach draußen. Ich folgte ihr und genoss die kühle Nachtluft. Nach Ewigkeiten in der stickigen Kapelle war das ein wahrer Segen. Wir beide atmeten tief ein und genossen für einen Moment die Stille. Ich wusste, dass Sophie nicht anfangen würde, also musste ich es tun.

»Sophie. Geht es dir gut?«, fragte ich unpassend und hätte mich selber ohrfeigen können. Sie hatte heute drei Menschen und eine Hexe getötet, hätte selber mehrfach fast ihr Leben verloren und musste ihre beste Freundin wiederbeleben. Wenn es ihr nach all dem gut gegangen wäre, hätte ich sie persönlich in die Psychiatrie einliefern müssen!

»Ich komme schon irgendwie klar. Ich habe ja dich, Elena und Jessica«, erwiderte sie ehrlich und vergrub ihr Gesicht an meiner Schulter. Die Nähe zu Sophie tat gut und plötzlich war der Kuss auf meinen Lippen wieder präsent. Verdammt, musste das jetzt sein?

»Danke«, flüsterte Sophie in mein Ohr und ich bekam Gänsehaut. »Danke, dass du bei mir geblieben bist und mich unterstützt hast. Und es tut mir leid, dass ich dich aus dem Kampf ausschließen musste. Aber ich hätte nicht kämpfen können, wenn du neben mir gestanden hättest. Ich wäre … also du hättest mich abgelenkt.«

Im Schein des Vollmonds erkannte ich, dass Sophie rot geworden war. Sie wollte sich verlegen von mir wegdrehen, aber das ließ ich nicht zu. Lächelnd nahm ich ihr Gesicht in meine Hände und zwang sie, mir in die Augen zu sehen, bevor ich meine Lippen auf ihre drückte. Ich brauchte nichts zu sagen, Sophie verstand mich auch so. Nach einem kurzen Zögern erwiderte sie den Kuss und legte ihre Arme um meinen Nacken. Sie schmeckte unglaublich gut und ich hätte ewig so stehen bleiben können, doch leider vernahm ich ein Räuspern hinter uns.

»Elena und Jessica wollen wohl nach Hause«, murmelte Sophie und ihr Blick spiegelte Enttäuschung wider.

»Macht nichts. Wir haben auch noch morgen. Und übermorgen. Und die nächsten Jahre«, erwiderte ich und nahm Sophies Hand.

»Überzeug erst mal meinen Vater von dir.« Lachend drückte sie meine Hand und grinste.

Ja, das würde garantiert nicht einfach werden.

ENDE

Danksagung

Damit geht eine turbulente Reise in meine geliebte Stadt Aberystwyth zu ende. Es war schön, noch einmal gedanklich in die Stadt reisen zu können, in der ich damals mein Auslandssemester absolvieren durfte. Vielen Dank, dass ihr mich auf diese Reise begleitet habt und ich hoffe, dass ihr dabei genauso viel Spaß hattet, wie ich.

Ich danke meiner Coverdesignerin Constanze Kramer von Coverboutique für dieses wunderschöne Cover und auch für die anderen beiden Entwürfe. Die Zusammenarbeit mit dir hat mir sehr viel Spaß gemacht.

Danke auch an meinen Lektor Stefan Wendel, der mir mit Rat und Tat zur Seite stand und mir viele Hinweise für zukünftige Projekte an die Hand gegeben und „Teufelsfluch" den letzten Schliff verpasst hat.

Vielen Dank an die Mädels aus meinem Blogger-Team, die mich schon vor der Veröffentlichung tatkräftig bei der Werbung auf Instagram unterstützt haben. Besonders auf eure Meinung bin ich sehr gespannt!

Danke an meine Freundinnen, die mir immer zur Seite stehen und mich bei allem unterstützen und auch hilfreich bei der Auswahl des Covers waren!

Mein größter Dank geht an meine Eltern und an meine Schwester, auf die ich mich immer verlassen kann und die mich auch beim Schreiben unterstützen, obwohl sie selber nichts mit

Büchern am Hut haben. Ihr seid immer für mich da und helft mir, wo ihr könnt. Das werde ich nie vergessen.

Mein letzter Dank gilt natürlich euch, liebe Leser*innen! Danke, dass ihr mich, Sophie und Jason auf diese Reise begleitet habt. Ich würde mich sehr über euer Feedback, ob positiv oder kritisch, freuen. (Positive) Rezensionen helfen uns Autoren, in der Menge gesehen zu werden. Faire Kritik hilft uns aber ebenso, weil wir uns nur dadurch verbessern können! Ich wäre euch also dankbar für diese Unterstützung!

Auch von der Autorin erschienen

TB: 152 Seiten

Erschienen bei BoD am 14.10.2020

ISBN: 978-3-7528-8070-0

Preis: TB 6,99€, eBook 3,99€

Klappentext:

Weihnachten ist die schönste Zeit des Jahres. Davon ist Sarah felsenfest überzeugt. Wären da nur nicht ihr griesgrämiger Chef und ihre zeitraubende Arbeit am Weihnachtsmarktstand Winterbachs Weinparadies. Bis Jonas „Keks" Winterbach, der charmante Sohn ihres Chefs, in sie hineinläuft und Sarah feststellen muss, dass Jonas und seine Kekse unverschämt süß und unwiderstehlich sind – einfach zum Verlieben. Jonas ist Anfang 30, Geschäftsmann und backt leidenschaftlich gerne Kekse – besonders zu Weihnachten. Er ist glücklich mit dem Leben, das sein Vater für ihn arrangiert hat. Bis er sich Hals über Kopf in Sarah verliebt und herausfindet, was er wirklich will…